◎孙宝文编

# 草书实用字典



拼音 笔画 部首

上海辞书出版社

# 目录

# 凡　例

一、本书收字以晋、隋、唐书家字迹为主，兼收宋、元、明、清书家字迹。

二、本书收常用汉字二千八百多个，总计收草书字迹近一万八千余枚。

三、本书收字基本上都是今草仅有极少量章草，每个汉字最多只收九枚草书字迹。

四、本书均将拓本字迹翻成阳文，即将白字转为黑字。

五、本书收隋朝以后书家字迹均从墨迹本中选出。

# 部首索引

# 拼音索引

**H**



**J**

## N



## O



## P

| O | | | N | | |
|---|---|---|---|---|---|
| | 匿 44 | 墓 69 | 冥 31 | 麋 412 | 矛 243 |
| | 睨 242 | 幕 108 | 溟 204 | 彌 117 | 茅 302 |
| 甌 229 | 溺 205 | 睦 242 | 瞑 163 | 靡 388 | 卯 46 |
| 歐 184 | 年 108 | 暮 164 | 鳴 409 | 米 265 | 茂 302 |
| 謳 333 | 輦 349 | 慕 132 | 銘 370 | 祕 248 | 貌 338 |
| 鷗 410 | 廿 45 | 穆 255 | 酩 366 | 覓 323 | 沒 193 |
| 偶 22 | 念 123 | | 命 56 | 密 90 | 枚 172 |
| 嘔 61 | 娘 81 | N | 繆 276 | 蜜 315 | 眉 241 |
| 耦 286 | 釀 367 | 那 363 | 謬 332 | 眠 241 | 莓 304 |
| | 鳥 408 | 衲 319 | 摹 147 | 綿 274 | 梅 175 |
| P | 裊 320 | 納 268 | 摩 147 | 免 27 | 每 189 |
| 杷 170 | 嫋 82 | 乃 5 | 磨 247 | 勉 40 | 美 280 |
| 琶 226 | 聶 288 | 奈 76 | 謨 333 | 緬 274 | 妹 79 |
| 排 144 | 躡 346 | 奈 173 | 末 169 | 面 388 | 昧 161 |
| 徘 120 | 寧 92 | 耐 285 | 陌 377 | 苗 302 | 袂 319 |
| 派 197 | 凝 33 | 男 231 | 莫 304 | 眇 240 | 寐 91 |
| 潘 207 | 牛 219 | 南 46 | 漠 206 | 渺 203 | 媚 82 |
| 攀 149 | 農 352 | 難 384 | 寞 91 | 邈 362 | 門 374 |
| 磐 246 | 濃 209 | 囊 63 | 墨 70 | 妙 78 | 悶 128 |
| 盤 239 | 弄 114 | 猱 222 | 默 414 | 廟 112 | 夢 74 |
| 蟠 316 | 奴 78 | 撓 147 | 謀 331 | 滅 204 | 盟 239 |
| 判 35 | 駑 400 | 內 28 | 母 188 | 民 190 | 朦 168 |
| 叛 50 | 努 40 | 能 291 | 畝 232 | 岷 100 | 猛 222 |
| 畔 232 | 弩 116 | 尼 97 | 木 168 | 泯 195 | 蒙 307 |
| 龐 417 | 怒 124 | 泥 195 | 目 240 | 敏 152 | 孟 84 |
| 拋 141 | 女 77 | 霓 385 | 沐 193 | 閩 375 | 迷 354 |
| 庖 110 | 虐 313 | 擬 149 | 牧 219 | 名 53 | 糜 267 |
| 炮 211 | 暖 163 | 逆 355 | | 明 159 | 麇 276 |

## Q

# 笔画索引

## 九画

## 十画
| 桃 | 175 | 都 | 364 | 紅 | 268 | 祚 | 248 | 染 | 172 | 度 | 111 |
| 格 | 174 | 哲 | 58 | 約 | 268 | 祇 | 249 | 洛 | 196 | 奕 | 77 |
| 校 | 174 | 逝 | 356 | 納 | 268 | 祕 | 248 | 净 | 200 | 迹 | 354 |
| 根 | 173 | 挫 | 143 | 紀 | 267 | 祠 | 249 | 洋 | 196 | 庭 | 111 |
| 索 | 269 | 換 | 146 | | | 郡 | 363 | 洲 | 197 | 姿 | 81 |
| 軒 | 348 | 挽 | 143 | **十画** | | 退 | 354 | 津 | 197 | 音 | 390 |
| 連 | 356 | 恐 | 125 | | | 屋 | 98 | 恃 | 125 | 彦 | 117 |
| 哥 | 58 | 埃 | 67 | 耕 | 286 | 屏 | 98 | 恒 | 125 | 帝 | 106 |
| 速 | 356 | 挨 | 143 | 泰 | 196 | 陣 | 378 | 恬 | 127 | 施 | 157 |
| 酌 | 365 | 耿 | 286 | 秦 | 252 | 韋 | 390 | 恪 | 126 | 差 | 104 |
| 配 | 365 | 耽 | 286 | 琊 | 225 | 眉 | 241 | 恨 | 125 | 美 | 280 |
| 翅 | 282 | 恥 | 126 | 珠 | 225 | 陛 | 377 | 宣 | 88 | 姜 | 80 |
| 辱 | 352 | 華 | 305 | 珮 | 225 | 陟 | 377 | 宦 | 88 | 叛 | 50 |
| 夏 | 73 | 恭 | 126 | 班 | 225 | 除 | 378 | 室 | 88 | 送 | 354 |
| 砧 | 245 | 莽 | 304 | 素 | 269 | 院 | 378 | 宫 | 88 | 迷 | 354 |
| 破 | 245 | 莖 | 304 | 匿 | 44 | 娃 | 80 | 突 | 256 | 前 | 37 |
| 原 | 48 | 莫 | 304 | 匪 | 44 | 姥 | 80 | 穿 | 256 | 首 | 398 |
| 逐 | 355 | 莓 | 304 | 栽 | 174 | 姨 | 80 | 客 | 88 | 逆 | 355 |
| 烈 | 211 | 荷 | 303 | 捕 | 144 | 姪 | 80 | 冠 | 31 | 兹 | 302 |
| 殊 | 187 | 茶 | 304 | 馬 | 399 | 姚 | 80 | 軍 | 348 | 炳 | 211 |
| 致 | 296 | 荻 | 304 | 振 | 143 | 姦 | 80 | 扁 | 138 | 炮 | 211 |
| 晉 | 161 | 莎 | 304 | 挾 | 143 | 怒 | 124 | 衲 | 319 | 洪 | 196 |
| 柴 | 173 | 真 | 241 | 起 | 343 | 架 | 172 | 衹 | 319 | 洒 | 196 |
| 虔 | 313 | 莊 | 304 | 捍 | 143 | 飛 | 395 | 祜 | 248 | 洩 | 196 |
| 逍 | 355 | 桂 | 174 | 貢 | 338 | 盈 | 238 | 祐 | 248 | 洞 | 196 |
| 時 | 161 | 桓 | 174 | 埋 | 67 | 勇 | 40 | 祖 | 248 | 洗 | 196 |
| 畢 | 232 | 桐 | 174 | 捉 | 143 | 柔 | 173 | 神 | 249 | 活 | 197 |
| 財 | 338 | 株 | 173 | 捐 | 143 | 矜 | 243 | 祝 | 249 | 派 | 197 |
| | | | | 袁 | 319 | | | | | | |

## 十二画

## 十三画

## 十七画

## 十八画



## 十九画

二十画



二十一画



二十二画



二十三画



二十四画

# 一部

## 一

王羲之

賀知章

虞世南

孫過庭

黃庭堅

米芾

文天祥

吳鎮

祝允明

## 丁

智永

孫過庭

懷素

趙佶

沈粲

張弼

祝允明

廖輔

## 七

王羲之

王慈

賀知章

黃庭堅

鮮于樞

沈粲

王鐸

傅山

## 万

王羲之

李世民

李懷琳

祝允明

## 丈

黃庭堅

鮮于樞

溥光

祝允明

張瑞圖

## 三

王羲之

賀知章

且　不　与　下　上

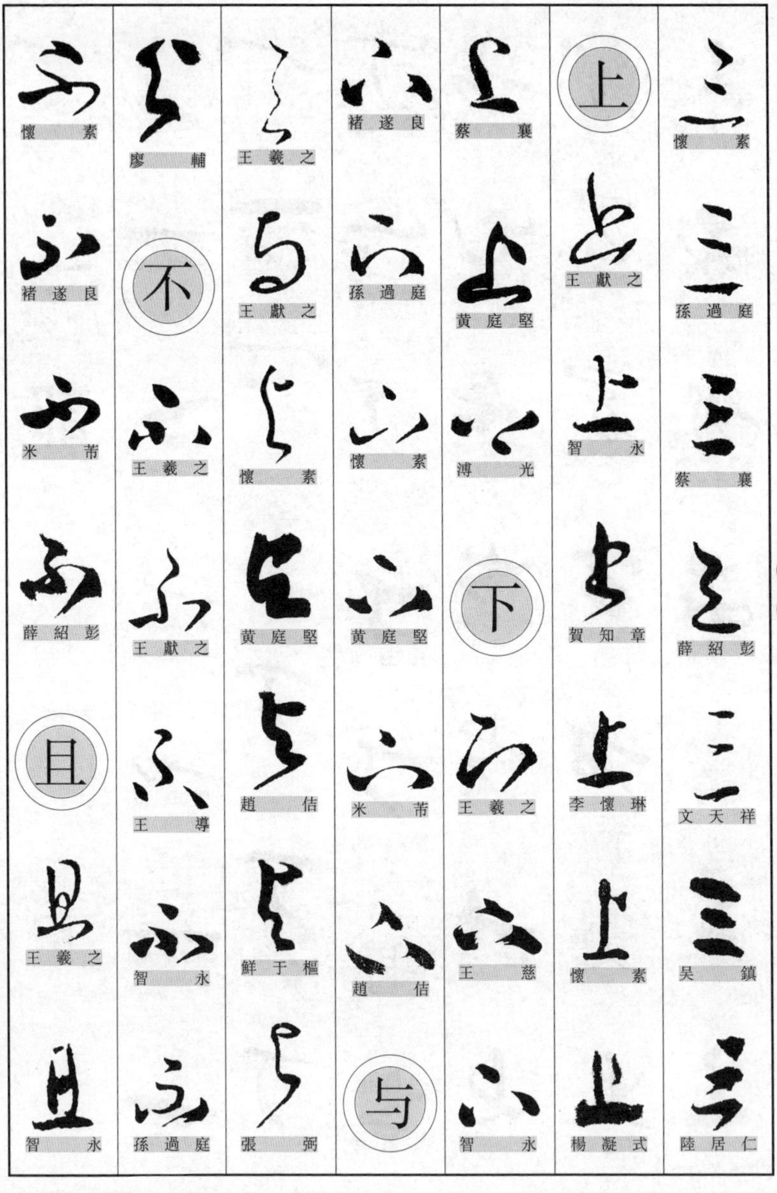
懷素
孫過庭
蔡襄
薛紹彭
文天祥
吴鎮
陸居仁
上
王獻之
智永
賀知章
李懷琳
懷素
楊凝式
蔡襄
黄庭堅
溥光
下
王羲之
王慈
智永
褚遂良
孫過庭
懷素
黄庭堅
米芾
趙佶
与
王羲之
王獻之
懷素
黄庭堅
趙佶
鮮于樞
張弼
廖輔
不
王羲之
王獻之
王導
智永
孫過庭
懷素
褚遂良
米芾
薛紹彭
且
王羲之
智永

丞　丙　丘　世　丕

# 丨部

詹景鳳
丞
李邕
鮮于樞
趙孟頫
陳繼儒
智永
孫過庭
懷素
趙佶
鮮于樞
祝允明
張弼
張芝
王羲之
鮮于樞
祝允明
王寵
王鐸
丙
蔡襄
趙佶
鮮于樞
吳鎮
康里子山
沈粲
丘
王獻之
懷素
趙之謙
世
賀知章
孫過庭
懷素
孫過庭
黃庭堅
趙佶
趙孟頫
張弼
徐渭
丕

中

中

王羲之

智永

孫過庭

懷素

黄庭堅

趙孟頫

吳鎮

王守仁

徐渭

# 丶部

丸

丸

智永

懷素

孫過庭

高閑

趙佶

趙孟頫

沈粲

祝允明

丹

丹

王羲之

懷素

趙佶

王庭筠

沈粲

詹景鳳

寥輔

徐渭

主

主

王羲之

智永

懷素

孫過庭

趙佶

趙孟頫

溥光

沈粲

祝允明

# 丿部

乎 乍 之 久 乃
乃
王羲之
智永
褚遂良
孫過庭
懷素
黃庭堅
趙佶
張弼
寥輔
久
王羲之
楊凝式
陸游
康里子山
祝允明
董其昌
之
王羲之
王獻之
孫過庭
虞世南
顏真卿
懷素
黃庭堅
米芾
文天祥
乍
孫過庭
趙構
文徵明
何紹基
乎
王羲之
智永
賀知章
孫過庭
蔣善進
高閑
黃庭堅
趙佶
趙孟頫

乏

王羲之

王獻之

懷素

趙構

範成大

乖

王羲之

王獻之

孫過庭

王鐸

吳讓之

乘

王羲之

懷素

吳說

祝允明

董其昌

王鐸

# 乙部

九

王羲之

王獻之

智永

懷素

黃庭堅

趙佶

沈粲

祝允明

徐渭

乞

黃庭堅

米芾

朱熹

方以智

張瑞圖

也

王羲之

王獻之

智永

李懷琳

事　予了　亂　乾

智永
李懷琳
賀知章
孫過庭
蘇軾
黃庭堅
米芾
懷素
文天祥
祝允明
王守仁
事
王羲之
王獻之
了
孫過庭
顏真卿
蘇軾
祝允明
予
索靖
亅部
賀知章
蔡襄
米芾
杜衍
趙構
解縉
王鐸
薛紹彭
文徵明
王寵
張瑞圖
亂
王羲之
王獻之
孫過庭
褚遂良
黃庭堅
米芾
趙佶
乾
黃庭堅


乙部　亅部

二 于 云 五 井

# 二部

二
王羲之
智永
孫過庭
賀知章
褚遂良
黃庭堅
米芾
張弼
于
索靖
懷素
賀知章
蔡襄
黃庭堅
文徵明
王鐸
云
王羲之
智永
賀知章
褚遂良
孫過庭
懷素
趙佶
沈粲
祝允明
五
王羲之
王獻之
智永
虞世南
懷素
黃庭堅
趙佶
文天祥
康里子山
井
王羲之
孫過庭
懷素
王穉登

陸游
陸居仁
張瑞圖
王鐸
享
智永
賀知章
孫過庭
懷素
蔡襄
黃庭堅
米芾
趙佶
亥
趙佶
沈粲
張弼
亦
王羲之
王獻之
智永
沈粲
張弼
交
智永
孫過庭
懷素
黃庭堅
亡
王羲之
智永
懷素
顏真卿
黃庭堅
趙佶
亠部
王鐸
些
黃庭堅
徐渭

京 亭 亮 人 仁

京
趙構
王羲之
智永
懷素
孫過庭
黃庭堅
米芾
趙佶
趙孟頫
張弼
亭
智永
懷素
歐陽詢
孫過庭
趙佶
趙孟頫
沈粲
張弼
詹景鳳
亮
王獻之
陸游
祝允明
陳淳
人（亻）部
人
王羲之
智永
孫過庭
賀知章
顏真卿
米芾
趙孟頫
祝允明
仁
王羲之
智永
孫過庭
米芾

仙付　仗　他　仕仍　介　今

付
王羲之
郗愔
康里子山
王鐸
姚鼐
仙

米芾
婁堅
王鐸
仗
俞和
鄧文原
文徵明

趙佶
邊武
沈粲
張弼
徐渭
他
王羲之

仍
孫過庭
俞和
祝允明
王鐸
仕
智永

王羲之
李懷琳
黃庭堅
米芾
王蒙
文徵明
傅山

孫過庭
蔡襄
黃庭堅
鮮于樞
徐渭
介
索靖

祝允明
沈粲
今
王羲之
褚遂良
顏真卿
懷素

人部

仲 仰 以 令 代切

李懷琳
孫過庭
高閑
米芾
趙佶
趙孟頫
仲
黃庭堅
米芾
趙佶
仰
智永
歐陽詢
懷素
以
索靖
王羲之
智永
褚遂良
孫過庭
顏真卿
褚遂良
孫過庭
李懷琳
黃庭堅
米芾
趙佶
趙孟頫
李懷琳
楊維楨
王寵
張之洞
令
王羲之
王慈
趙孟頫
張弼
彻
懷素
代
孫過庭
懷素
智永
孫過庭
歐陽詢
懷素
黃庭堅
趙佶
鮮于樞

人部

孫過庭

李懷琳

宋克

何紹基

## 任

王羲之

智永

孫過庭

懷素

高閑

米芾

趙佶

趙孟頫

詹景鳳

## 仿

王羲之

趙構

陳淳

## 企

索靖

王羲之

王獻之

孫過庭

範成大

## 伊

智永

懷素

黃庭堅

趙佶

鮮于樞

趙孟頫

沈粲

詹景鳳

寥輔

## 伏

王羲之

智永

孫過庭

懷素

黃庭堅

趙佶

趙孟頫

詹景鳳

寥輔

## 伐

智永

孫過庭

趙佶

沈粲

王獻之
孫過庭
黃庭堅
米芾
康里子山
王鐸
位
懷素
孫過庭
黃庭堅
趙佶
趙孟頫
但
王羲之
王羲之
趙孟頫
似
王羲之
王凝之
智永
褚遂良
伴
鮮于樞
祝允明
董其昌
詹景鳳
吳昌碩
伺
米芾
趙佶
薛紹彭
趙孟頫
伸
懷素
孫過庭
王鐸
伯
智永
孫過庭
懷素
李懷琳
顏真卿
張弼
祝允明
詹景鳳
寥輔
休
王羲之
溥光

佛　余　何　佐住　低

懷素
黄庭堅
沈粲
祝允明
佛
懷素
黄庭堅
褚遂良
蔡襄
黄庭堅
米芾
余
賀知章
孫過庭
張弼
何
王羲之
王獻之
智永
李世民
孫過庭
索靖
智永
孫過庭
懷素
趙佶
趙孟頫
祝允明
住
王羲之
歐陽詢
楊凝式
陸游
溥光
佐
祝允明
張弼
低
懷素
趙構
王寵
王鐸
王羲之
智永
孫過庭
懷素
黄庭堅
趙佶
鮮于樞

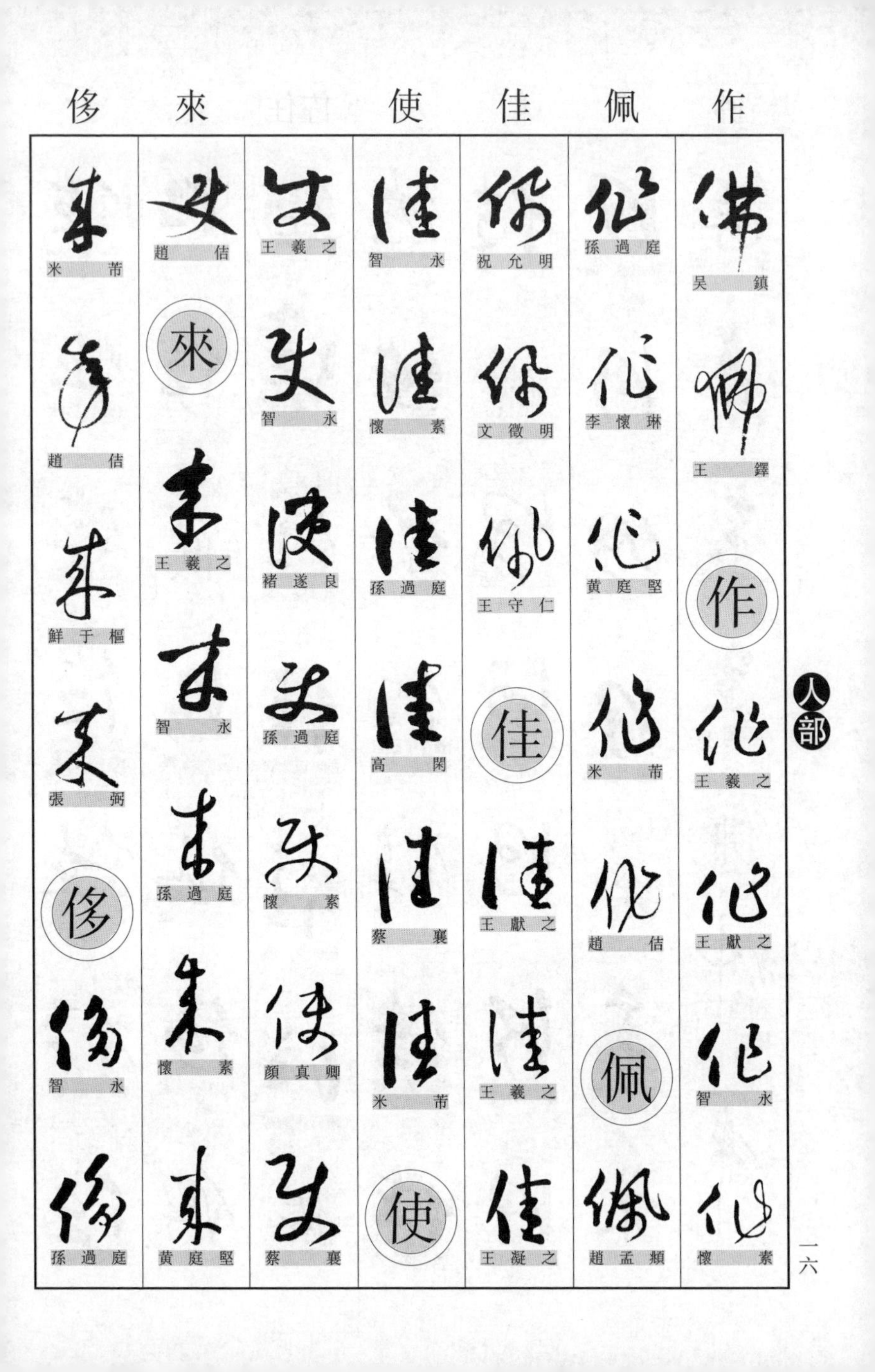

侈 來 使 佳 佩 作

| 侈 | 來 | 使 | 使 | 佳 | 佩 | 作 |
|---|---|---|---|---|---|---|
| 米芾 | 趙佶 | 王羲之 | 智永 | 祝允明 | 孫過庭 | 吳鎮 |
| 趙佶 | 來 | 智永 | 懷素 | 文徵明 | 李懷琳 | 王鐸 |
| 鮮于樞 | 王羲之 | 褚遂良 | 孫過庭 | 王守仁 | 黃庭堅 | 作 |
| 張弼 | 智永 | 孫過庭 | 高閑 | 佳 | 米芾 | 王羲之 |
| 侈 | 孫過庭 | 懷素 | 蔡襄 | 王獻之 | 趙佶 | 王獻之 |
| 智永 | 懷素 | 顏真卿 | 米芾 | 王羲之 | 佩 | 智永 |
| 孫過庭 | 黃庭堅 | 蔡襄 | 使 | 王凝之 | 趙孟頫 | 懷素 |

人部

便　侶　侯　侮　依供　侍

人部

| | | | | | | |
|---|---|---|---|---|---|---|
| 張瑞圖 | 蔡襄 | 賀知章 | 王羲之 | 詹景鳳 | 王羲之 | 懷素 |
| 便 | 黃庭堅 | 王鐸 | 孫過庭 | 供 | 智永 | 趙佶 |
| 王羲之 | 陳淳 | 汪啓淑 | 米芾 | 王羲之 | 歐陽詢 | 趙孟頫 |
| 王獻之 | 侶 | 侯 | 薛紹彭 | 蔡襄 | 孫過庭 | 沈粲 |
| 李懷琳 | 懷素 | 王羲之 | 張瑞圖 | 陸居仁 | 懷素 | 張弼 |
| 孫過庭 | 祝允明 | 孫過庭 | 王鐸 | 陳淳 | 趙佶 | 詹景鳳 |
| 蔡襄 | 徐渭 | 賀知章 | 侮 | 依 | 趙孟頫 | 侍 |

俟 保 俗 俊 俄 促

| 俟 | 保 | | 俗 | 俊 | 俄 | 促 |
|---|---|---|---|---|---|---|
| 張瑞圖 | ○保 | 智永 | 趙佶 | 王守仁 | 康里子山 | 黄庭堅 |
| 王鐸 | 王羲之 | 歐陽詢 | 沈粲 | ○俊 | 陳淳 | 米芾 |
| ○俟 | 王獻之 | 孫過庭 | 祝允明 | 索靖 | ○俄 | 文天祥 |
| 王羲之 | 李世民 | 李懷琳 | 張弼 | 智永 | 孫過庭 | 趙孟頫 |
| 孫過庭 | 賀知章 | 懷素 | ○俗 | 孫過庭 | 陸游 | ○促 |
| 米芾 | 李懷琳 | 高閑 | 王羲之 | 懷素 | 鮮于樞 | 王羲之 |
| 薛紹彭 | 蘇舜欽 | 米芾 | 趙佶 | 蔡襄 | 饒介 | 李懷琳 |

人部

俠 信 俯 俱 俶

饒介
王守仁
俠
智永
懷素
孫過庭
趙佶

鮮于樞
祝允明
張弼
徐渭
信
王羲之
王徽之

王慈
智永
懷素
孫過庭
李懷琳
蔡襄
米芾

俯
智永
歐陽詢
孫過庭
懷素
高閑
蔣善進

趙佶
沈粲
張弼
俱
王羲之
索靖
孫過庭

懷素
黃庭堅
趙構
王鐸
俶
智永
孫過庭

歐陽詢
懷素
趙佶
趙孟頫
祝允明
張弼
詹景鳳

值　倚　倒　借　候倍　倉　俾修

| 值 | 倚 | 倒 | 借 | 候倍 | 倉 | 俾修 |
|---|---|---|---|---|---|---|
| 蔡襄 | 蘇軾 | 趙孟頫 | 懷素 | 詹景鳳 | 皇象 | 修 |
| 黄庭堅 | 吴鎮 | 鮮于樞 | 蔡襄 | 張瑞圖 | 趙孟頫 | 梁武帝 |
| 祝允明 | 鮮于樞 | 王守仁 | 黄庭堅 | 倍 | 張瑞圖 | 賀知章 |
| 陳淳 | 陳淳 | 祝允明 | 陸游 | 趙構 | 倉 | 米芾 |
| 張瑞圖 | 董其昌 | 陳淳 | 王鐸 | 朱熹 | 王羲之 | 王鐸 |
| 王鐸 | 倚 | 倒 | 借 | 候 | 米芾 | 翁方綱 |
| 值 | 顏真卿 | 李懷琳 | 王獻之 | 索靖 | 趙孟頫 | 俾 |

倦 倫 偃 假 偉 偏 偕

索靖
王羲之
米芾
陳淳
[倦]
楊凝式
範成大
蘇舜欽
文徵明
王鐸
[倫]
王羲之
智永
歐陽詢
孫過庭
懷素
高閑
蔣善進
趙佶
趙孟頫
[偃]
趙孟頫
何紹基
[假]
智永
歐陽詢
孫過庭
懷素
李懷琳
趙佶
趙孟頫
沈粲
王鐸
[偉]
孫過庭
董其昌
何紹基
[偏]
孫過庭
米芾
薛紹彭
趙構
鮮于樞
王寵
王鐸
[偕]
歐陽詢
趙構
姚綬

傍 傅偷 側 偶 健 停做

| 傍 | 偷 / 傅 | 側 | 側 | 偶 | 健 | 做 / 停 |
|---|---|---|---|---|---|---|
| 鮮于枢 | 偷 | 王羲之 | 蔡襄 | 陸居仁 | 王獻之 | 做 |
| 趙孟頫 | 李懷琳 | 王獻之 | 薛紹彭 | 吴寬 | 歐陽詢 | 文天祥 |
| 祝允明 | 梁同書 | 米芾 | 朱熹 | 文徵明 | 沈粲 | 趙孟頫 |
| 詹景鳳 | 傅 | 趙孟頫 | 張孝祥 | 張瑞圖 | 王鐸 | 何紹基 |
| 傍 | 智永 | 陳淳 | 康里子山 | 偶 | 健 | 停 |
| 智永 | 懷素 | 祝允明 | 李東陽 | 孫過庭 | 朱熹 | 索靖 |
| 歐陽詢 | 孫過庭 | 張瑞圖 | 側 | 李懷琳 | 康里子山 | 王羲之 |

傷 傳 傲 催 備傑

索靖
王羲之
智永
賀知章
孫過庭
李懷琳
懷素

李懷琳
懷素
孫過庭
黃庭堅
趙孟頫
張弼
傷

趙孟頫
張瑞圖
王鐸
傳
索靖
王獻之
智永

懷素
高閑
蔣善進
黃庭堅
趙孟頫
張弼
傲

康里子山
宋克
鄧石如
催
王獻之
智永
孫過庭

傑
王獻之
祝允明
張瑞圖
備
王羲之
賀知章

孫過庭
李懷琳
懷素
趙佶
鮮于樞
祝允明
張弼

傾

趙佶

鮮于樞

傾

索靖

智永

歐陽詢

虞世南

像

懷素

趙佶

趙孟頫

鮮于樞

祝允明

像

王羲之

僕

趙構

徐渭

金農

僕

王羲之

王獻之

蔡襄

僚

趙構

範成大

康里子山

王鐸

僚

王獻之

趙孟頫

僧僞

僞

王羲之

孫過庭

趙孟頫

吳昌碩

僧

懷素

價

黄庭堅

趙孟頫

米芾

溥光

文徵明

王鐸

價

僻

孫過庭

趙構

宋克

張瑞圖

僻

董其昌

陳鴻壽

儀 儉 儕儒 優償 儼儲

儀

索靖

智永

懷素

孫過庭

李懷琳

賀知章

蔡襄

趙佶

趙孟頫

儉

鮮于樞

張弼

王寵

何紹基

儒

米芾

陸游

鮮于樞

吳昌碩

儕

李懷琳

範成大

王鐸

償

黃庭堅

優

王羲之

智永

孫過庭

懷素

米芾

文天祥

趙孟頫

祝允明

張弼

儲

張旭

董其昌

張瑞圖

儼

趙構

文徵明

王寵

姚綬

# 儿部

允
柳公權
饒介
祝允明
王鐸
元
王羲之
孫過庭
趙佶
溥光
王寵
兄
王羲之
王獻之
智永
賀知章
虞世南
懷素
蔡襄
趙佶
趙孟頫
充
王羲之
智永
歐陽詢
懷素
米芾
薛紹彭
趙佶
張弼
兆
賀知章
米芾
趙構
韓道亨
兇
宋克
董其昌
先
王羲之
王獻之
李世民

兢

宋克
陳淳
兢
賀知章
王寵

免

孫過庭
懷素
黃庭堅
趙佶
趙孟頫
免
孫過庭

兒

張瑞圖
何紹基
兒
王羲之
王獻之
智永
歐陽詢

免

朱耷
免
孫過庭
米芾
薛紹彭
範成大
王守仁

克

趙孟頫
沈粲
克
孫過庭
宋克
祝允明
程南雲

光

王羲之
智永
賀知章
顏真卿
懷素
米芾
趙佶
賀知章
孫過庭
李懷琳
黃庭堅
趙構
陸游
光

# 入部

## 入

智永　孫過庭　懷素　黃庭堅　米芾　趙佶　範成大　祝允明　張弼

## 內

王羲之　智永　孫過庭　懷素　趙佶　趙孟頫　沈粲　寥輔

## 全

懷素　孫過庭　趙構　鮮于樞

## 兩

智永　孫過庭　懷素　楊凝式　蔡襄　黃庭堅　米芾　趙佶　趙孟頫

## 俞

王羲之　懷素　趙孟頫　宋克　解縉

# 八部

八
王羲之
智永
懷素
孫過庭
賀知章
黃庭堅
趙佶
鮮于樞
張弼
公
王羲之
智永
孫過庭
賀知章
懷素
蔡襄
黃庭堅
米芾
趙佶
六
王羲之
王獻之
賀知章
孫過庭
杜衍
黃庭堅
吳鎮
詹景鳳
兮
王羲之
康里子山
宋克
祝允明
徐渭
張瑞圖
共
張芝
王羲之
王獻之
孫過庭
李懷琳

兼 典 具 其 兵

杜預
賀知章
懷素
孫過庭
朱熹
康里子山
陳淳
沈粲
祝允明
張弼
寥輔
兼
王羲之
王獻之
米芾
範成大
典
智永
懷素
趙佶
鮮于樞
趙佶
具
索靖
王羲之
王獻之
智永
黃庭堅
智永
賀知章
孫過庭
懷素
李懷琳
黃庭堅
米芾
趙構
鮮于樞
趙孟頫
祝允明
王鐸
其
王羲之
黃庭堅
趙構
鮮于樞
兵
王羲之
孫過庭
懷素

八部

# 冀

王羲之
王獻之
孫過庭
懷素
趙構
王鐸

# 冂部

# 冊

王羲之
葉夢得
杜良臣

# 再

王羲之
智永
懷素
高閑
蔣善進
黃庭堅
米芾
薛紹彭
趙孟頫

# 冖部

# 冠

王獻之
智永
懷素
黃庭堅
趙佶
趙構
鮮于樞
趙孟頫
張弼

# 冥

智永
懷素
趙佶

凌　凋　冷　冬

朱熹　趙孟頫　沈粲　張弼　徐渭

## 冫部

冬

王羲之　王獻之　王慈　智永　孫過庭　懷素

蔡襄　趙佶　鮮于樞

冷

王羲之　懷素　陸游

鮮于樞　陳淳　王鐸

凋

趙佶　朱熹　沈粲

祝允明　張弼　徐渭　寥輔

凌

孫過庭　懷素

高閑　趙佶　趙孟頫　祝允明　張弼　徐渭　寥輔

凍

范成大

唐寅

黃道周

凜

孫過庭

黃庭堅

祝允明

文徵明

張瑞圖

凝

王羲之

王凝之

薛紹彭

鮮于樞

康里子山

宋克

陳淳

## 几部

凡

王羲之

孫過庭

米芾

陳淳

董其昌

凰

懷素

## 凵部

刑 切 分 函 出凶

| 刑 | 切 | 分 | | 函 | | 出凶 |
|---|---|---|---|---|---|---|
| 黃庭堅 | 黃庭堅 | 分 | 刀（刂）部 | 懷素 | 孫過庭 | 凶 |
| 趙佶 | 趙佶 | 王羲之 | | 王守仁 | 蔡襄 | 王獻之 |
| 祝允明 | 鮮于樞 | 智永 | | 徐渭 | 黃庭堅 | 賀知章 |
| 張弼 | 切 | 李世民 | | 董其昌 | 薛紹彭 | 出 |
| 寥輔 | 王羲之 | 孫過庭 | | | 文天祥 | 王羲之 |
| 刑 | 智永 | 懷素 | | | 鮮于樞 | 王慈 |
| 王羲之 | 懷素 | 蔡襄 | | | 函 | 智永 |

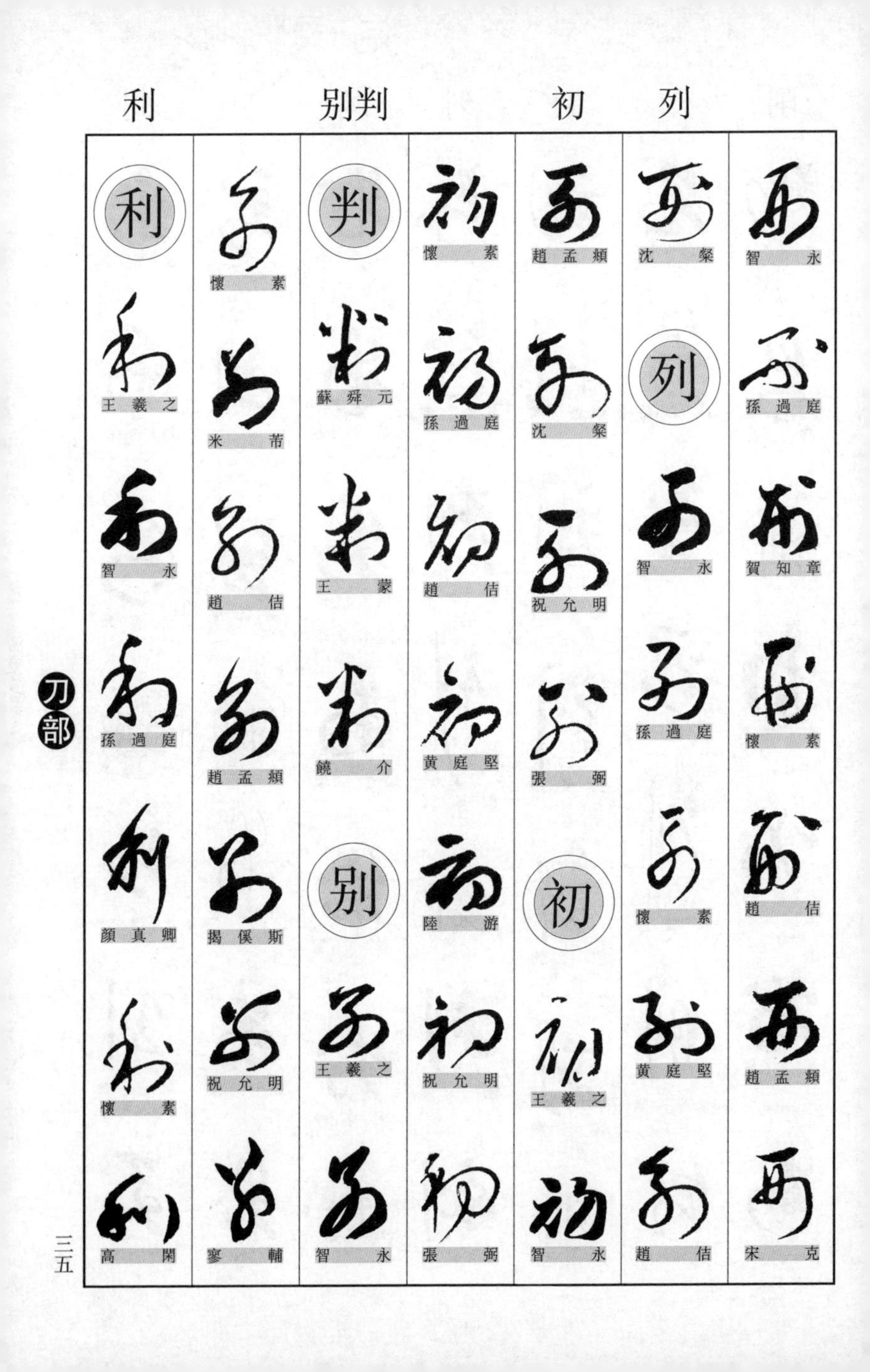

# 利

利：王羲之、智永、孫過庭、顏真卿、懷素、高閑

懷素、米芾、趙佶、趙孟頫、揭傒斯、祝允明、寥輔

# 別判

判：蘇舜元、王蒙、饒介

別：王羲之、智永

懷素、孫過庭、趙佶、黃庭堅、陸游、祝允明、張弼

# 初

趙孟頫、沈粲、祝允明、張弼

初：王羲之、智永

沈粲

# 列

列：智永、孫過庭、懷素、黃庭堅、趙佶

智永、孫過庭、賀知章、懷素、趙佶、趙孟頫、宋克

削 則 刻 刺 制 到

文天祥
饒介
削
索靖
孫過庭
趙構
饒介
智永
孫過庭
懷素
李懷琳
黃庭堅
米芾
趙佶
孫過庭
懷素
趙佶
揭傒斯
張弼
寥輔
則
宋克
沈粲
董其昌
張瑞圖
刻
智永
歐陽詢
孫過庭
趙佶
趙構
鮮于樞
祝允明
寥輔
刺
王鐸
陳淳
張瑞圖
制
王羲之
智永
懷素
蔣善進
趙佶
趙孟頫
到
王羲之
黃庭堅
米芾

剩　割　副剪　剥　剛　前　剋

剩
祝允明
宋克
趙構
李懷琳
孫過庭
王羲之
索靖
割
何紹基
姜立綱
蔡襄
王羲之
索靖
副
張瑞圖
董其昌
俞和
剪
陳淳
鮮于樞
趙孟頫
王羲之
剥
宋克
趙孟頫
李懷琳
孫過庭
剛
張瑞图
陳淳
米芾
黃庭堅
蔡襄
孫過庭
王獻之
王羲之
前
張弼
鮮于樞
趙構
趙佶
褚遂良
智永
懷素
王羲之
剋
王鐸
沈粲

## 劃剽

趙孟頫
劉墉
剽
孫過庭
宋克
倪元璐
劃

## 劇

祝允明
王寵
文彭
張瑞圖
王鐸
劇
王羲之

## 劉

蔡襄
米芾
徐渭
王鐸
劉
王獻之
顏真卿

## 劍

朱熹
文天祥
宋克
沈粲
劍
智永
懷素

趙佶
趙構
趙孟頫
張弼
詹景鳳
徐渭
寥輔

# 力部

## 力

力
王羲之
王獻之
智永
虞世南
孫過庭
懷素

## 功

米芾、趙佶、祝允明、[功]、智永、孫過庭、顏真卿

## 加

懷素、黃庭堅、趙佶、祝允明、張弼、徐渭、[加]

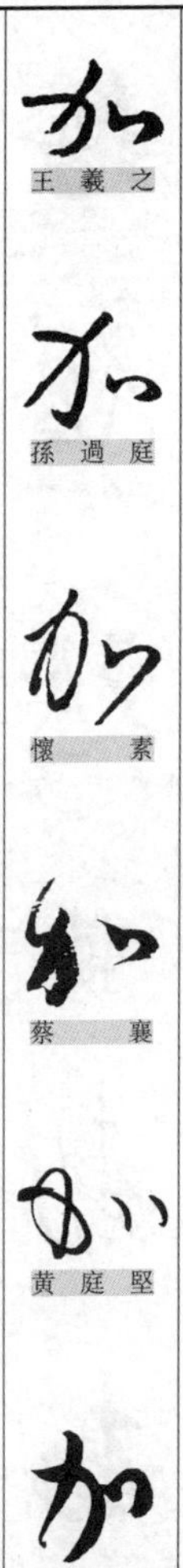

王羲之、孫過庭、懷素、蔡襄、黃庭堅、米芾、祝允明

## 劣

王鐸、[劣]、王羲之、王恬、孫過庭、懷素、張即之

## 助

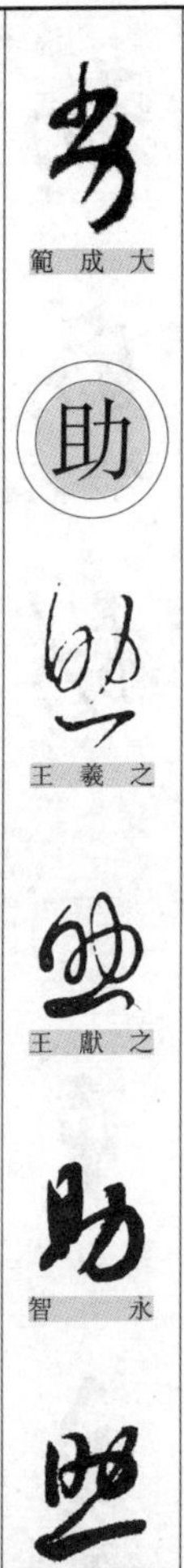

範成大、[助]、王羲之、王獻之、智永、褚遂良、孫過庭

## 劭

懷素、李懷琳、高閑、趙佶、[劭]、智永、懷素

高閑、蔣善進、趙佶、趙孟頫、祝允明、詹景鳳、徐渭

勒 勅 勉 勇 勁 劾努

歐陽詢
孫過庭
懷素
趙佶
揭傒斯
張弼
徐渭
歐陽詢
趙佶
趙孟頫
沈粲
詹景鳳
勒
智永
趙孟頫
祝允明
寥輔
勅
王羲之
智永
懷素
勉
王羲之
王獻之
智永
李懷琳
懷素
趙佶
趙構
董其昌
伊秉綬
勇
孫過庭
黃庭堅
祝允明
懷素
趙佶
祝允明
寥辅
勁
孫過庭
懷素
努
孫過庭
祝允明
陳淳
王鐸
劾
孫過庭

力部

勤　勢　勞　勝　務　動

寥輔
動
王羲之
王獻之
智永
懷素
李懷琳
孫過庭
蔡襄
米芾
趙佶
務
王羲之
智永
懷素
李懷琳
懷素
趙佶
趙孟頫
祝允明
張弼
勝
王羲之
王獻之
孫過庭
懷素
蔡襄
宋克
王鐸
勞
王羲之
王獻之
智永
懷素
孫過庭
黃庭堅
趙佶
揭傒斯
祝允明
勢
王羲之
懷素
陸柬之
孫過庭
黃庭堅
米芾
饒介
王鐸
勤

勳 勸 勿 包匈

勳

張芝

顏真卿

康里子山

董其昌

王鐸

勳

索靖

勸

懷素

解縉

李東陽

趙之謙

勸

智永

歐陽詢

懷素

孫過庭

趙佶

趙孟頫

祝允明

張弼

# 勹部

勿

王羲之

王獻之

智永

孫過庭

懷素

黃庭堅

祝允明

陳淳

包

孫過庭

吳寬

韓道亨

匈

王羲之

匕部
化
王羲之
智永
孫過庭
懷素
趙佶
鮮于樞
祝允明
王寵
北
王羲之
賀知章
懷素
孫過庭
黃庭堅
張弼
王寵
陳淳
匚部
匠
孫過庭
饒介
宋克
匡
智永
歐陽詢
賀知章
懷素
鮮于樞
趙孟頫
沈粲
祝允明
寥輔

匪 匿 區 十 千

**匪**
索靖
智永
賀知章
歐陽詢
孫過庭
懷素

趙佶
鮮于樞
祝允明

**匿**
黃庭堅
宋克
王守仁

**區**
王羲之
孫過庭
米芾
趙構
趙孟頫
鄧文原

陳淳
張瑞圖

# 十部

**十**
王羲之
賀知章
孫過庭
李懷琳
虞世南
蔡襄

黃庭堅
陸居仁

**千**
智永
孫過庭
懷素
黃庭堅

廿

米芾
趙佶
鮮于樞
趙孟頫
祝允明
廿
王羲之

卅

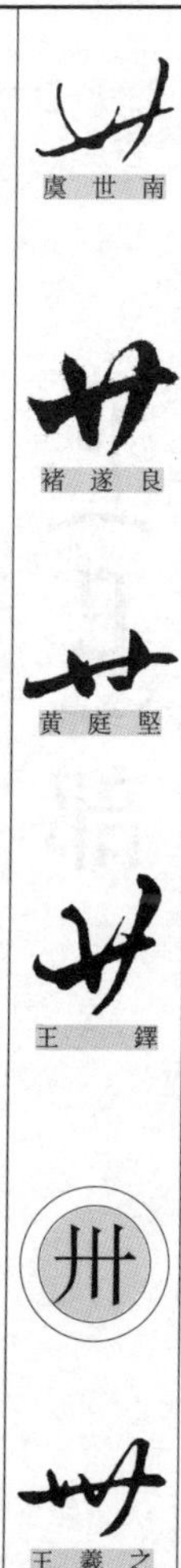
虞世南
褚遂良
黃庭堅
王鐸
卅
王羲之
柳公權

升

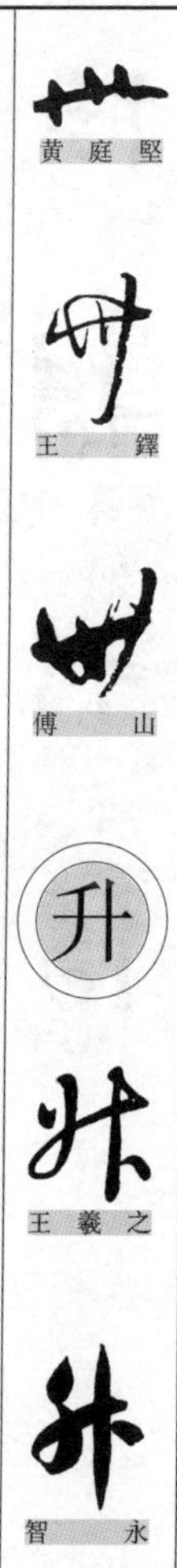
黃庭堅
王鐸
傅山
升
王羲之
智永
歐陽詢

午

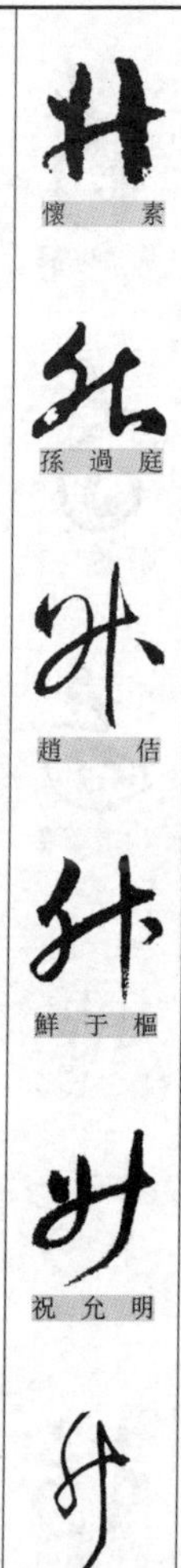
懷素
孫過庭
趙佶
鮮于樞
祝允明
寥輔
午

半

祝允明
文徵明
詹景鳳
半
王獻之
王寵
懷素

卒

薛紹彭
鮮于樞
祝允明
文徵明
卒
王羲之
孫過庭

卑

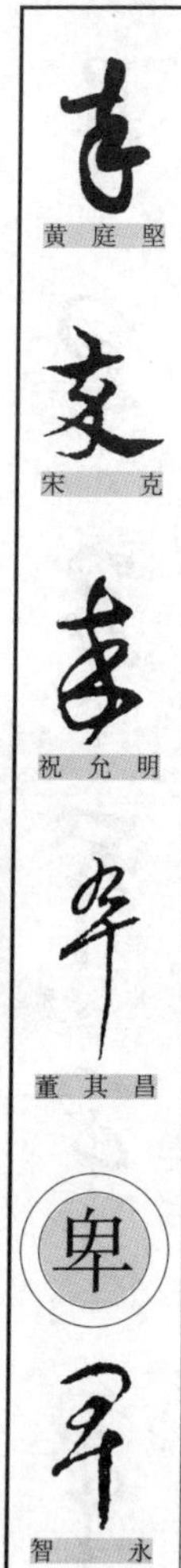
黃庭堅
宋克
祝允明
董其昌
卑
智永
孫過庭

十部 卩部

懷素
趙佶
鮮于樞
趙孟頫
張弼
寥輔
卓

王獻之
蔡襄
朱耷
協
王獻之
吳説
何紹基

南
王羲之
智永
歐陽詢
孫過庭
虞世南
懷素

蔡襄
黃庭堅
宋克
博
索靖
孫過庭
趙孟頫

宋克
祝允明
鄧石如
吳昌碩

# 卩(㔾)部

卯
沈粲
文彭
董其昌
趙之謙
吳昌碩
危

卿 即 卻 卷

# 厂部

智永
孫過庭
顏真卿
懷素
黃庭堅
趙佶
趙孟頫
懷素
黃庭堅
趙佶
康里子山
沈粲
卿
王羲之
沈粲
祝允明
即
王羲之
王獻之
智永
孫過庭
卻
王羲之
懷素
蔡襄
黃庭堅
米芾
範成大
卷
賀知章
孫過庭
懷素
趙孟頫
宋克
王寵
王羲之
賀知章
李懷琳
孫過庭
趙孟頫
祝允明
王鐸

厚
王羲之
賀知章
黃庭堅
米芾
趙構
文天祥
趙孟頫
王守仁
原
孫過庭
懷素
文天祥
趙孟頫
康里子山
王寵
厥
智永
歐陽詢
懷素
孫過庭
趙佶
趙孟頫
寥輔
厭
智永
歐陽詢
孫過庭
懷素
高閑
趙佶
趙孟頫
祝允明
厲
孫過庭
趙構
陳淳

# 厶部

去

王羲之　王獻之　智永　孫過庭　懷素　黃庭堅

參

米芾　趙佶　揭傒斯　王羲之　孫過庭　賀知章　宋克　沈粲

# 又部

又

王羲之　孫過庭　懷素　褚遂良　顏真卿　黃庭堅

及

範成大　鮮于樞　王羲之　智永　孫過庭　懷素

友

黃庭堅　米芾　鄧文原　詹景鳳　寥輔　智永

叛　受　取　叔　反

王羲之
智永
懷素
高閑
蔣善進
趙佶
趙孟頫
孫過庭
懷素
趙佶
康里子山
趙孟頫
張弼
叛
孫過庭
趙佶
鮮于樞
祝允明
受
王羲之
智永
鮮于樞
宋克
取
王羲之
王獻之
智永
懷素
王鐸
叔
王羲之
智永
孫過庭
懷素
趙佶
寥輔
反
王羲之
孫過庭
李懷琳
黃庭堅
張瑞圖
歐陽詢
孫過庭
懷素
黃庭堅
趙佶
鮮于樞
沈粲

可召　叫　只　古　口　叢

| | | | | | | |
|---|---|---|---|---|---|---|
| 召 | 黃庭堅 | 懷素 | 米芾 | 口 | | 沈粲 |
| 懷素 | 米芾 | 黃庭堅 | 趙佶 | 王羲之 | 口部 | 叢 |
| 黃庭堅 | 杜衍 | 米芾 | 趙孟頫 | 智永 | | 懷素 |
| 鮮于樞 | 祝允明 | 趙佶 | 古 | 賀知章 | | 宋克 |
| 宋克 | 叫 | 趙孟頫 | 王羲之 | 懷素 | | 王寵 |
| 可 | 懷素 | 只 | 智永 | 高閑 | | 徐渭 |
| 王羲之 | 米芾 | 懷素 | 孫過庭 | 黃庭堅 | | 王鐸 |

合 各 司 右 史

陳淳
董其昌
王鐸
[合]
智永
懷素
孫過庭
王鐸
[各]
王羲之
賀知章
孫過庭
蔡襄
黃庭堅
[司]
王羲之
懷素
蔡襄
黃庭堅
米芾
康里子山
孫過庭
黃庭堅
趙佶
揭傒斯
趙孟頫
沈粲
詹景鳳
鮮于樞
康里子山
饒介
張弼
[右]
智永
懷素
米芾
[史]
智永
懷素
孫過庭
趙佶
趙孟頫
王獻之
智永
懷素
褚遂良
虞世南
孫過庭
黃庭堅

口部

| 向 | 吐 | 吏 | 名 | 同 | 吉 | 吉 |
|---|---|---|---|---|---|---|
| 陳繼儒 | 王羲之 | 懷素 | 米芾 | 詹景鳳 | 智永 | 趙佶 |
| 向 | 懷素 | 孫過庭 | 趙佶 | 同 | 懷素 | 趙孟頫 |
| 王羲之 | 孫過庭 | 趙佶 | 趙孟頫 | 王羲之 | 孫過庭 | 鮮于樞 |
| 王獻之 | 文徵明 | 趙孟頫 | 祝允明 | 智永 | 高閑 | 祝允明 |
| 懷素 | 吐 | 張弼 | 名 | 懷素 | 蔣善進 | 寥輔 |
| 孫過庭 | 索靖 | 寥輔 | 王羲之 | 孫過庭 | 趙佶 | 吉 |
| 黃庭堅 | 趙構 | 吏 | 智永 | 黃庭堅 | 沈粲 | 王羲之 |

柳公權
懷素
蔡襄
薛紹彭
祝允明
王鐸
吴
趙構
宋克
王寵
陳繼儒
張瑞图
呈
李世民
否
李懷琳
蔡襄
米芾
陸游
宋璲
含
李懷琳
趙構
康里子山
張弼
沈粲
祝允明
王鐸
李懷琳
孫過庭
吞
鮮于樞
韓道亨
王鐸
吟
懷素
孫過庭
蔡襄
黄庭堅
米芾
鮮于樞
吝
米芾
朱敦儒
王寵
君
王羲之
王獻之
智永

呂 周 告 吾 吹

詹景鳳

呂

索靖
懷素
鮮于樞
趙孟頫
沈粲

王羲之
智永
懷素
賀知章
孫過庭
趙佶
祝允明

王獻之
孫過庭
米芾
薛紹彭
王鐸
何紹基

周

李懷琳
孫過庭
黄庭堅
文天祥
康里子山

告

王羲之

鮮于樞
張弼

吾

王羲之
王獻之
賀知章
懷素

智永
歐陽詢
孫過庭
懷素
黄庭堅
趙佶
趙孟頫

王羲之
懷素
孫過庭
陸柬之
王寵
王鐸

吹

口部

祝允明
張弼

## 味

王鐸
翁方綱

## 呵

吳昌碩

## 呼

王羲之
李懷琳
顏真卿
蘇軾
黃庭堅
趙構
宋克
祝允明
王寵

## 命

王羲之
智永
懷素
孫過庭
趙佶
鮮于樞
康里子山
徐渭

## 咄

趙孟頫
何紹基

## 和

王羲之
王獻之
王渙之
智永
懷素
孫過庭
蔡襄
黃庭堅
趙佶

## 咽

王獻之

孫過庭
李懷琳
懷素
高閑
蔣善進
蘇軾
趙佶

米芾
黃庭堅
杜衍
王鐸
趙之謙

## 哉

智永

顏真卿
孫過庭
趙構
趙孟頫
宋克

## 品

顏真卿

趙構
鮮于樞
陳淳

## 哀

王羲之
王獻之
賀知章

懷素
高閑
趙佶
趙孟頫
祝允明

## 咸

孫過庭

王寵
陳淳
梁同書

## 笑

王羲之
智永
孫過庭

王鐸

## 咎

索靖
懷素
孫過庭

## 咏

宋濂

唱　唯　唐　哽哲　哭哥　員

智永
孫過庭
懷素
黃庭堅
趙佶
鮮于樞
沈粲

蔡襄
黃庭堅
趙構
趙孟頫
宋克
祝允明
唱

趙佶
趙孟頫
沈粲
徐渭
唯
王羲之
孫過庭

王羲之
王鐸
唐
智永
李懷琳
懷素
米芾

賀知章
宋克
哲
孫過庭
張旭
宋克
哽

祝允明
哥
朱熹
趙孟頫
祝允明
哭
王羲之

員
智永
懷素
孫過庭
高閑
趙孟頫
沈粲

喙喉 商 問 啓 啼 善

陳淳

喉

趙構

張瑞圖

喙

黃庭堅

徐渭

商

王羲之

黃庭堅

趙佶

趙構

張弼

徐渭

問

王羲之

王獻之

智永

孫過庭

褚遂良

懷素

蔡襄

黃庭堅

米芾

啓

智永

懷素

孫過庭

蔡襄

米芾

趙佶

範成大

趙孟頫

沈粲

啼

朱熹

文徵明

王寵

徐渭

董其昌

善

王羲之

智永

賀知章

孫過庭

趙佶

鮮于樞

饒介

張弼

口部

喪　單　喬　喻　喜　喚　喉喧

喪

王羲之　賀知章　李懷琳　趙構　趙孟頫　宋克

陳淳　韓道亨

單

王羲之　趙孟頫　宋克　何紹基

朱熹　吴琚　趙孟頫　王鐸

喬

蘇軾　趙構

張即之　宋克　祝允明　張瑞图

喻

王羲之　孫過庭

莫如忠

喜

王羲之　李懷琳　顔真卿　蔡襄　蘇軾

董其昌　張瑞圖　何紹基

喚

蘇軾　陳淳　董其昌

喧

徐渭　張瑞圖　王鐸　姜宸英

喉

宋克

口部

嘗　嘔嘆　嘉　嗣　嗟嗜　嗚

何紹基
嘗
王獻之
智永
歐陽詢
懷素
孫過庭
趙孟頫
嘆
祝允明
吳昌碩
嘔
王羲之
王鐸
智永
歐陽詢
孫過庭
李懷琳
懷素
蔡襄
趙佶
高閑
趙佶
張弼
徐渭
寥輔
嘉
王羲之
王守仁
王鐸
嗣
智永
孫過庭
懷素
李懷琳
嗜
李懷琳
趙構
嗟
顏真卿
懷素
孫過庭
何紹基
嗚
顏真卿
米芾
文徵明
祝允明
張瑞圖

## 嚴
嚴
索靖
王羲之
智永
孫過庭
懷素
黄庭堅

## 嚮
高閑
蔣善進
趙孟頫
張弼
嚮
李懷琳
陳基

## 嚬
文徵明
何紹基
嚬
智永
懷素
孫過庭
趙佶

## 嘳 噫
張弼
噫
蘇軾
祝允明
張瑞圖
董其昌
嘳

## 器
智永
懷素
孫過庭
趙佶
鮮于樞
趙孟頫
沈粲

高閑
蔣善進
趙佶
趙孟頫
張弼
祝允明
器

## 嘯
高閑
蔣善進
蔡襄
蘇軾
嘯
智永
懷素

口部

囊

鮮于樞
張弼
囊
智永
歐陽詢
懷素
孫過庭

囑

高閑
趙佶
趙孟頫
沈粲
囑
王羲之
文徵明

# 口部

四

四
索靖
王羲之
王獻之
智永
褚遂良
懷素

回

孫過庭
蔡襄
趙佶
回
王羲之
懷素
薛紹彭

因

範成大
宋克
王鐸
因
王羲之
王獻之
智永

困

賀知章
懷素
孫過庭
黃庭堅
趙佶
困

圓 園 圍 國 圃 固

智永
歐陽詢
虞世南
孫過庭
懷素
趙佶
祝允明
張弼
固
顏真卿
孫過庭
懷素
黃庭堅
杜衍
趙構
祝允明
圃
孫過庭
王守仁
王鐸
何紹基
國
王獻之
智永
孫過庭
賀知章
懷素
蘇軾
黃庭堅
米芾
趙佶
圍
顏真卿
饒介
宋克
祝允明
王寵
徐渭
王鐸
園
王羲之
智永
歐陽詢
孫過庭
懷素
趙佶
祝允明
徐渭
圓


口部

地 在土 圖

黄庭堅
趙佶
地
王羲之
王獻之
賀知章
懷素
王羲之
王獻之
智永
賀知章
懷素
孫過庭
蔡襄
土
王羲之
懷素
鮮于樞
文徵明
陳淳
在
土部
黄庭堅
趙佶
陸游
圖
王羲之
王獻之
智永
歐陽詢
孫過庭
懷素
孫過庭
黄庭堅
趙佶
沈粲
張弼
寥輔
徐渭

垢　垂坤　坡　坐坂　均

祝允明
垢
智永
歐陽詢
孫過庭
懷素
高閑
王羲之
智永
懷素
孫過庭
黃庭堅
趙佶
鮮于樞
王鐸
坤
黃庭堅
王寵
陸治
王鐸
垂
趙佶
鮮于樞
坡
黃庭堅
鮮于樞
祝允明
董其昌
王羲之
王獻之
智永
孫過庭
懷素
陽凝式
黃庭堅
黃庭堅
範成大
王文治
坂
祝允明
張瑞圖
坐
孫過庭
黃庭堅
趙佶
鮮于樞
陳淳
均
孫過庭

基　執　域　城埋　埃　垣

基：智永、孫過庭、懷素、趙佶、鮮于樞、祝允明、張弼

執：懷素、孫過庭、蔣善進、米芾、趙佶、趙孟頫

基

執：孫過庭、黃庭堅、趙構

執

執：王羲之、智永、歐陽詢

域：懷素、黃庭堅、米芾、趙佶、趙孟頫

域

域：李世民

埋

埋：祝允明、陸治、何紹基

城

城：王羲之、智永

城：趙佶、趙佶、祝允明

埃

埃：鮮于樞、康里子山、王守仁

埃：蔣善進、趙佶、沈粲

垣

垣：智永、孫過庭、懷素

堂　堅　堪　堯　堰場　報



堂：王羲之、智永、孫過庭、懷素、趙佶、陸游、鮮于樞、康里子山、沈粲

堅：智永、歐陽詢、懷素、孫過庭、黃庭堅、趙佶、朱熹、鮮于樞、張弼

堪：王羲之、李懷琳、王守仁、徐渭、王鐸

堯：李懷琳、文彭

堰：趙構

場：智永、懷素、孫過庭、趙佶、鮮于樞、詹景鳳、徐渭、寥輔

報：王羲之、顏真卿、黃庭堅、趙構、範成大、宋克、文徵明、王鐸

塗堵　塞　塘　塵　境　墓　墜

塗
王羲之
李懷琳
趙構
堵
王寵
梁同書
塞
王獻之
智永
歐陽詢
懷素
趙佶
鮮于樞
宋克
張弼
沈粲
塘
懷素
薛紹彭
文徵明
宋克
王鐸
塵
懷素
蘇軾
米芾
鮮于樞
康里子山
宋克
陳淳
境
孫過庭
黃庭堅
米芾
陸游
鮮于樞
張瑞圖
王鐸
墓
王獻之
趙構
趙孟頫
宋克
梁同書
墜
索靖
孫過庭
懷素

壇 墻 墳 隨 墨 墟 增

高閑
趙佶
趙孟頫
張弼

**壇**

祝允明
王鐸

趙佶
鮮于樞
沈粲
張弼

**墻**

智永
懷素

陳淳
王鐸

**墳**

智永
歐陽詢
孫過庭
懷素

沈粲
祝允明
詹景鳳

**隨**

梁武帝
鮮于樞
宋克

張瑞圖

**墨**

智永
孫過庭
懷素
趙佶
鮮于樞

李懷琳
蘇軾
黄庭堅
趙佶

**墟**

李世民
文徵明

祝允明

**增**

王羲之
王獻之
智永
孫過庭
懷素

壁
智 永
歐陽詢
懷 素
孫過庭
趙 佶
鮮于樞
祝允明
徐 渭
鋻
王羲之
李懷琳
黃庭堅
米 芾
鮮于樞
文徵明
王 寵
張瑞圖
壓
蘇 軾
米 芾
張瑞圖
壘
裴 休
張瑞圖
壞
王羲之
米 芾
杜 衍
王 鐸
壤
索 靖
李世民
宋 克
祝允明
士部
士
王羲之
賀知章
懷 素
孫過庭
黃庭堅
沈 粲

## 壬

詹景鳳

懷素

王稺登

張瑞圖

伊秉綬

## 壯

王羲之

孫過庭

懷素

顏真卿

褚遂良

趙構

祝允明

## 壺

王鐸

懷素

薛紹彭

範成大

趙孟頫

周天球

## 壹

張瑞圖

王鐸

索靖

智永

孫過庭

懷素

## 壽

趙佶

鮮于樞

沈粲

祝允明

王羲之

李懷琳

蔡襄

範成大

趙構

趙孟頫

宋克

陳淳

# 夊部

夏
夏
王羲之
智永
懷素
孫過庭
蔡襄
趙佶
鮮于樞
祝允明
張弼
夔
夔
懷素
徐渭
夕部
夕
夕
王獻之
智永
孫過庭
懷素
高閑
米芾
外
沈粲
王鐸
外
王羲之
智永
孫過庭
懷素
蔡襄
米芾
趙佶
鮮于樞
祝允明
夙
夙
智永
賀知章
孫過庭
懷素
蔡襄
趙佶
沈粲
徐渭

多
王羲之
王獻之
智永
歐陽詢
孫過庭
懷素
黃庭堅
鮮于樞
徐渭
夜
王羲之
王獻之
智永
賀知章
懷素
孫過庭
趙佶
趙孟頫
祝允明
夢
王羲之
蔡襄
蘇軾
趙孟頫
王守仁
王寵
大部
大
王羲之
王獻之
王慈
智永
賀知章
孫過庭
懷素
黃庭堅
趙佶
天
王羲之
王獻之
智永

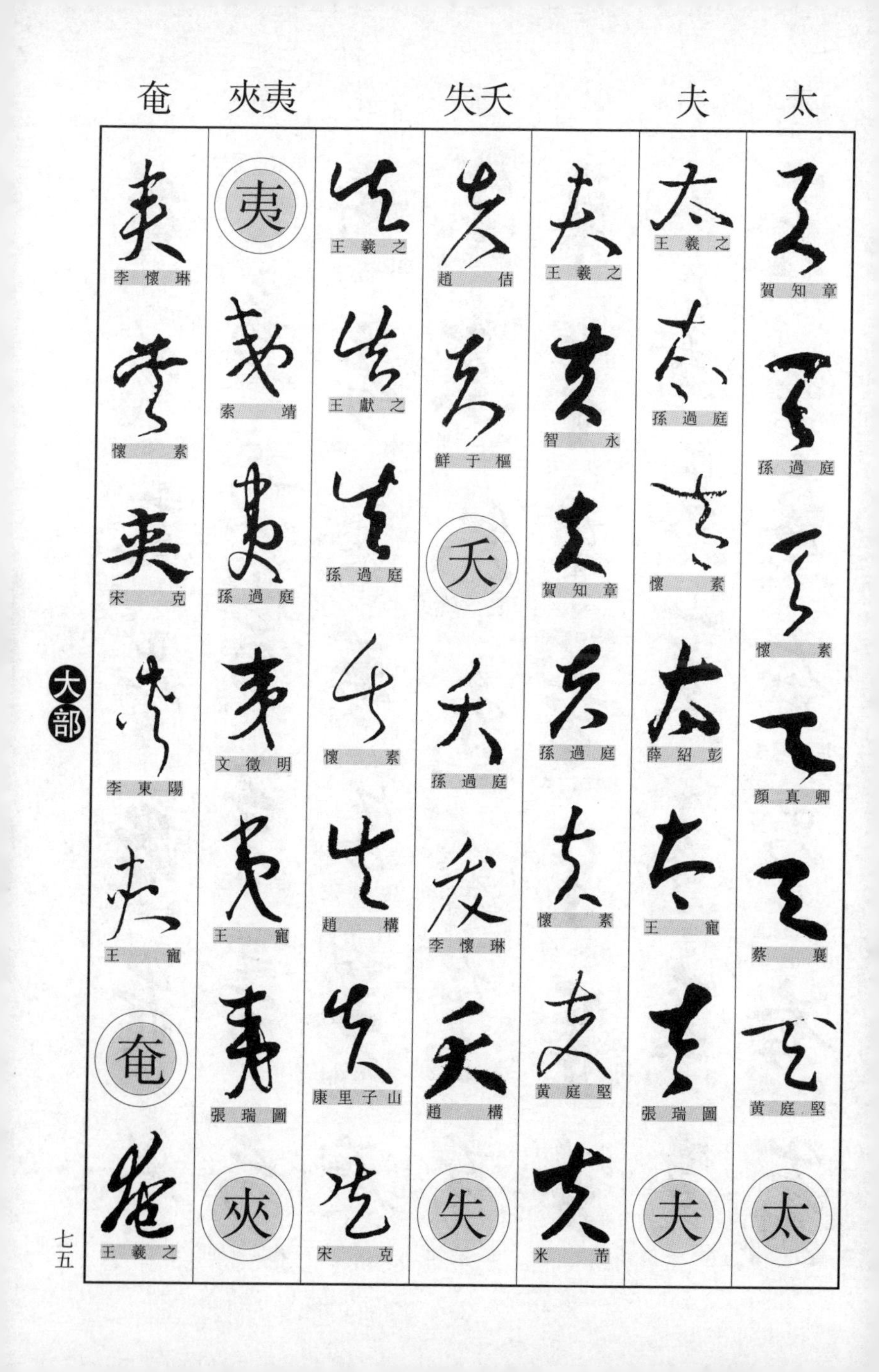

賀知章
孫過庭
懷素
顏真卿
蔡襄
黃庭堅

太

王羲之
孫過庭
懷素
薛紹彭
王寵
張瑞圖

夫

王羲之
智永
賀知章
孫過庭
懷素
黃庭堅
米芾
趙佶
鮮于樞

夭

孫過庭
李懷琳
趙構

失

王羲之
王獻之
孫過庭
懷素
趙構
康里子山
宋克

夷

索靖
孫過庭
文徵明
王寵
張瑞圖

夾

李懷琳
懷素
宋克
李東陽
王寵

奄

王羲之

奔 奏 奉 奈 奇

張弼

奔

王羲之

懷素

孫過庭

蘇軾

米芾

奏

智永

歐陽詢

懷素

孫過庭

趙孟頫

祝允明

智永

懷素

顏真卿

蘇軾

孫過庭

黃庭堅

米芾

趙孟頫

鮮于樞

倉景鳳

徐渭

奉

王羲之

王獻之

宋克

陳淳

奈

王羲之

王獻之

黃庭堅

趙佶

奇

王羲之

孫過庭

懷素

薛紹彭

杜衍

康里子山

智永

歐陽詢

懷素

趙佶

趙孟頫

沈粲

寥輔

契

契 趙孟頫 韓道亨 王獻之 孫過庭 張即之 饒介

奚奕

奕 文徵明 王鐸 王羲之 王獻之 米芾

奚

奧奠

奠 懷素 孫過庭 王鐸 懷素 文彭

奧

奪

奪 王羲之 孫過庭 王守仁 李懷琳 黃庭堅 宋克

奮

奮 徐渭 康里子山 解縉 陳淳

# 女部

女

女 王羲之 智永 懷素 米芾 趙佶 鮮于樞

妨　妙　妃妄　如　好　奴

蘇軾
米芾
趙佶
妨
陸游
祝允明
徐渭
張瑞圖
妙
王羲之
智永
懷素
孫過庭
高閑
妄
孫過庭
李懷琳
康里子山
妃
趙構
徐渭
賀知章
褚遂良
孫過庭
懷素
蔡襄
米芾
趙佶
賀知章
蘇軾
米芾
趙佶
如
王羲之
智永
玉鐸
好
王羲之
王獻之
智永
懷素
孫過庭
祝允明
張弼
奴
王羲之
王獻之
李世民
薛紹彭

委　姓　姑　始　姊　妾　妻妹

王羲之
賀知章
範成大
祝允明
董其昌
張瑞圖
委

趙佶
鮮于樞
趙孟頫
沈粲
張弼
陳淳
姓

懷素
黃庭堅
趙佶
沈粲
姑
智永
懷素

王獻之
王鐸
始
王羲之
智永
賀知章
孫過庭

趙佶
趙孟頫
祝允明
徐渭
陳淳
姊
王羲之

祝允明
董其昌
張瑞圖
妾
智永
懷素
高閑

董其昌
妹
王羲之
祝允明
玉鐸
妻
賀知章

女部

威　妍　姪　姨姦　娃姥　姜姚

祝允明
張弼
威
智永
孫過庭
懷素
李懷琳
婁堅
王鐸
妍
孫過庭
高閑
趙孟頫
沈粲
董其昌
查士標
姪
顏真卿
褚遂良
範成大
李東陽
祝允明
王鐸
姦
懷素
宋克
姨
王羲之
王羲之
王鐸
姥
孫過庭
王鐸
娃
杜牧
趙佶
張弼
姚
朱熹
文徵明
趙之謙
姜
王羲之
王獻之
智永
褚遂良
懷素
高閑
黃庭堅

婉　娶娟　娥　娛娘　姬　姿

王羲之
趙孟頫
文徵明
張瑞圖
婉
孫過庭
倪元璐
張瑞圖
娟
趙構
張瑞圖
王鐸
何紹基
娶
王寵
陳淳
娥
黃庭堅
鮮于樞
祝允明
王寵
娘
蔡襄
趙孟頫
祝允明
何紹基
娛
黃庭堅
姬
索靖
孫過庭
鮮于樞
王寵
徐渭
王鐸
懷素
孫過庭
高閑
蔣善進
蘇軾
趙佶
趙孟頫
趙佶
趙孟頫
祝允明
張弼
姿
王羲之
智永

嫋　嫂嫁　媿　媛媚　婆　婦　婚婢

女部

嫌

祝允明 張瑞圖 嫌 蔡襄 米芾 董其昌 張瑞圖

嫡

王鐸 嫡 智永 歐陽詢 孫過庭 懷素 高閑

嬌嬋

蔣善進 趙佶 趙孟頫 祝允明 嬋 黄庭堅 嬌

嬰

俞和 王寵 文彭 張瑞圖 吴昌碩 嬰 懷素

嬴

宋克 張瑞圖 嬴 孫過庭

# 子部

子

子 王羲之 智永 賀知章 懷素 顔真卿 孫過庭

孔 字 存 孝 孟

黃庭堅
米芾
陳淳

**孔**

智永
懷素
孫過庭

趙佶
鮮于樞
趙孟頫
祝允明
沈粲

**字**

王羲之

智永
懷素
孫過庭
蔡襄
趙佶
鮮于樞
宋克

徐渭

**存**

王羲之
智永
懷素
孫過庭
趙佶

趙構
鮮于樞
張弼
寥輔

**孝**

智永
賀知章

懷素
孫過庭
趙佶
鮮于樞
沈粲
徐渭

**孟**

智永
歐陽詢
孫過庭
懷素
趙佶
趙構
祝允明

寥輔
季
王寵
王鐸
趙之謙
孤
王羲之
智永
歐陽詢
懷素
孫過庭
高閑
蔣善進
蔡襄
趙佶
孫
索靖
王羲之
王獻之
孫過庭
李懷琳
李建中
範成大
趙孟頫
宋克
孰
智永
歐陽詢
懷素
孫過庭
黃庭堅
趙佶
徐渭
學
王羲之
智永
褚遂良
孫過庭
懷素
黃庭堅
張即之
文天祥
張弼

# 宀部

## 它

王羲之

## 宅

黃庭堅、許初、倪元璐、何紹基、孫過庭、懷素、趙佶、範成大、徐渭

## 宇

智永、懷素、趙佶、趙孟頫、祝允明、鮮于樞、沈粲、索靖

## 守

張弼、詹景鳳、王羲之、智永、歐陽詢、懷素、賀知章、孫過庭、李懷琳、黃庭堅、趙佶

## 安

王羲之、智永、褚遂良、孫過庭、懷素、蔡襄、米芾、薛紹彭

宜 宛 定 宙 官 宗

範成大
康里子山
張弼
陳淳
何紹基
宜
王羲之
懷素
黃庭堅
趙佶
鮮于樞
宛
黃庭堅
宋濂
張弼
定
王羲之
王獻之
智永
歐陽詢
孫過庭
宙
智永
孫過庭
懷素
趙佶
鮮于樞
趙孟頫
李懷琳
懷素
孫過庭
蔡襄
米芾
趙佶
鮮于樞
趙佶
文天祥
沈粲
徐渭
官
王羲之
智永
鮮于樞
宗
智永
賀知章
孫過庭
李懷琳
懷素

王凝之

智永

孫過庭

懷素

楊凝式

黃庭堅

米芾

趙佶

## 客

蔡襄

蘇軾

黃庭堅

米芾

鮮于樞

祝允明

張瑞圖

王鐸

## 室

王羲之

王獻之

懷素

褚遂良

蔡襄

康里子山

宋克

王守仁

## 宣

智永

懷素

孫過庭

趙佶

趙孟頫

沈粲

張弼

祝允明

## 宧

王羲之

黃庭堅

宋克

王鐸

趙之謙

## 宮

智永

歐陽詢

張旭

懷素

孫過庭

趙佶

鮮于樞

宿 容 家 宵 宴 害 宰

懷素
趙佶
趙構
鮮于樞
康里子山
董其昌
宿
黃庭堅
趙佶
鮮于樞
容
王獻之
智永
孫過庭
家
王羲之
王獻之
智永
歐陽詢
孫過庭
懷素
王鐸
宵
索靖
王羲之
趙構
祝允明
王寵
康里子山
宋克
韓道亨
宴
索靖
張弼
張瑞圖
高閑
趙佶
鮮于樞
祝允明
害
賀知章
趙構
祝允明
宰
王羲之
智永
歐陽詢
孫過庭
懷素

寂 寄 密 寅寇 富

王羲之 智永 懷素 趙佶 趙孟頫 鮮于樞 祝允明
張弼 詹景鳳 寂 智永 李懷琳 歐陽詢 孫過庭
懷素 趙佶 趙孟頫 張弼 寄 懷素 蔡襄
黃庭堅 米芾 杜衍 祝允明 張瑞圖 密 歐陽詢
孫過庭 懷素 趙佶 文天祥 趙孟頫 康里子山 沈粲
張弼 寅 吳寬 王寵 韓道亨 寇 王羲之
王獻之 蔡襄 王鐸 富 王獻之 智永 賀知章

寐 寒 寓 寔 寞 察

寐
歐陽詢
孫過庭
懷素
趙佶
鮮于樞
祝允明
寐
趙佶

智永
賀知章
歐陽詢
孫過庭
懷素
高閑
趙佶

寒
張弼
寒
王羲之
王獻之
智永
懷素
孫過庭

寓
蔡襄
薛紹彭
趙佶
鮮于樞
寓
智永
歐陽詢

寔
懷素
高閑
趙佶
趙孟頫
沈粲
祝允明
寔

王羲之
智永
歐陽詢
孫過庭
懷素
趙佶
鮮于樞

寞
張弼
寞
懷素
文徵明
王鐸
察
智永

寡 寢 寤 寥 實 寧

賀知章 歐陽詢 孫過庭 懷素 黃庭堅 趙孟頫 康里子山

沈粲

寡

索靖 智永 孫過庭 懷素 高閑

蔣善進 黃庭堅 趙佶 趙孟頫

寢

趙構 董其昌

文徵明 祝允明

寤

李世民 祝允明 陳淳 袁枚

寥

王羲之 智永 歐陽詢 懷素 孫過庭 蔡襄

趙佶 趙孟頫 祝允明

實

王羲之 智永 歐陽詢

孫過庭 懷素 黃庭堅 趙佶 陸游 鮮于樞

寧

寵 寮寰 寬 寫 審

審
智永
歐陽詢
孫過庭
懷素
蔡襄
黃庭堅
趙佶

鮮于樞
審
王羲之
王獻之
智永
孫過庭
懷素

高閑
趙佶
趙孟頫
宋克
寫
王羲之
智永

孫過庭
懷素
黃庭堅
米芾
趙佶
鮮于樞
祝允明

寬
王羲之
李懷琳
蘇軾
陸游
趙孟頫
陳淳

王鐸
寰
王羲之
徐枋
趙之謙
寮
王羲之

王鐸
寵
智永
懷素
孫過庭
趙佶
杜衍

寶

趙孟頫　宋克　沈粲　智永　孫過庭　懷素

黃庭堅　趙佶　鮮于樞　張弼　徐渭

# 寸部

寸

孫過庭　懷素　趙佶　鮮于樞　趙孟頫　張弼　徐渭

封

智永　歐陽詢　孫過庭　懷素　趙佶　趙孟頫　張弼　祝允明

射

王羲之　智永　歐陽詢　孫過庭　懷素　高閑　蔣善進　趙佶　趙孟頫

將

對　尋　尊　尉　專

李世民
歐陽詢
孫過庭
懷素
黃庭堅
趙佶
鮮于樞
黃庭堅
趙佶
趙孟頫
沈粲
對
王羲之
智永
祝允明
尋
王羲之
智永
李世民
懷素
孫過庭
尊
王羲之
智永
懷素
孫過庭
趙佶
鮮于樞
康里子山
王守仁
尉
顏真卿
趙孟頫
宋克
王鐸
鮮于樞
詹景鳳
專
孫過庭
蔡襄
米芾
趙構
王羲之
智永
李世民
懷素
顏真卿
孫過庭
黃庭堅

導

孫過庭
趙構
宋克
祝允明

# 小部

小

王羲之
賀知章
懷素
孫過庭
鮮于樞
溥光
祝允明
王鐸

少

王羲之
智永
孫過庭
懷素
高閑
黃庭堅
米芾
宋克

尔

王羲之
賀知章
孫過庭
陳襄
俞和
王守仁

尚

王羲之
王獻之
孫過庭
懷素
顏真卿
蔡襄
黃庭堅
王寵

# 尤部

尤

孫過庭

米芾

趙孟頫

宋克

文徵明

就

王羲之

王獻之

孫過庭

黃庭堅

趙構

趙孟頫

王鐸

# 尸部

尸

王獻之

李懷琳

尹

智永

懷素

趙佶

鮮于樞

趙孟頫

張弼

尺

智永

懷素

孫過庭

米芾

趙佶

鮮于樞

尼

賀知章

李懷琳

孫過庭

## 屠

- 解縉
- 徐渭
- （屠）
- 蔡襄
- 趙孟頫
- 宋克
- 王鐸

## 屏

- 張弼
- 王鐸
- （屏）
- 王羲之
- 趙構
- 鮮于樞
- 宋克

## 展

- 趙孟頫
- 宋克
- 陳淳
- （展）
- 索靖
- 米芾
- 陸居仁

## 屋

- 孫過庭
- 趙孟頫
- 鮮于樞
- 宋克
- 王鐸
- （屋）
- 蘇軾

## 屈

- 賀知章
- 孫過庭
- 褚遂良
- 懷素
- 黃庭堅
- 趙佶
- （屈）

## 居

- 趙孟頫
- 宋克
- 祝允明
- （居）
- 王羲之
- 王獻之
- 智永

## 局尾

- 黃庭堅
- （尾）
- 懷素
- 趙構
- 宋克
- 張弼
- （局）

屨

懷素

米芾

王守仁

王寵

張瑞圖

層

米芾

沈粲

張瑞圖

王鐸

何紹基

履

索靖

智永

孫過庭

賀知章

懷素

趙佶

鮮于樞

趙孟頫

屬

智永

歐陽詢

懷素

孫過庭

高閑

蔡襄

# 山部

山

王獻之

褚遂良

懷素

黃庭堅

米芾

鮮于樞

溥光

岐

鮮于樞

解縉

王鐸

岑

祝允明

峯　峨　峙　岸岷　岱　岫　岡

| 峯 | 峨 | 峙 | 岸岷 | 岱 | 岫 | 岡 |
|---|---|---|---|---|---|---|
| 峯 | 祝允明 | 孫過庭 | 趙孟頫 | 徐渭 | 岫 | 王鐸 |
| 孫過庭 | 峨 | 祝允明 | 張弼 | 岱 | 智永 | 岡 |
| 懷素 | 王羲之 | 張瑞圖 | 岷 | 智永 | 歐陽詢 | 智永 |
| 宋克 | 趙構 | 王守仁 | 宋克 | 歐陽詢 | 孫過庭 | 懷素 |
| 王守仁 | 宋克 | 王鐸 | 李東陽 | 孫過庭 | 懷素 | 趙佶 |
| 董其昌 | 王寵 | 峙 | 岸 | 懷素 | 趙佶 | 鮮于樞 |
| 王鐸 | 王鐸 | 李東陽 | 王羲之 | 趙佶 | 張弼 | 張弼 |

崩 崖 崔 崑崎 崇 峽峻 峭島

崩
祝允明
文彭
張瑞圖
王鐸
崩
鍾繇
王羲之
崖
懷素
文天祥
宋克
崖
孫過庭
趙孟頫
鮮于樞
崔
懷素
鮮于樞
祝允明
張弼
詹景鳳
崔
孫過庭
崑崎
張瑞圖
崎
鮮于樞
王鐸
崑
智永
孫過庭
崇
張瑞圖
王鐸
崇
索靖
懷素
孫過庭
王守仁
峽峻
張瑞圖
峻
康里子山
王鐸
峽
懷素
詹景鳳
峭島
島
康里子山
董其昌
文徵明
張照
峭
趙構

巒巍　巉　嶽　嶺嶂　嶇嵩　嵬　嵇

祝允明
張瑞圖
巍
李世民
武則天
巒
宋克

懷素
趙佶
吳説
趙孟頫
張弼
徐渭
巉

趙孟頫
祝允明
王寵
嶽
智永
歐陽詢
孫過庭

嶂
趙構
祝允明
王穉登
王鐸
嶺
懷素

嵩
王羲之
何紹基
郭嵩燾
嶇
鮮于樞
趙孟頫

鮮于樞
沈粲
張弼
陳淳
嵬
文天祥
傅山

王獻之
孫過庭
文彭
張瑞圖
嵇
智永
高閑

巖

祝允明

文徵明

米萬鍾

張瑞圖

巖

智永

孫過庭

李懷琳

懷素

趙佶

趙孟頫

祝允明

徐渭

# 巛(川)部

川

川

王羲之

智永

懷素

趙佶

鮮于樞

趙孟頫

州

寥輔

州

王羲之

王獻之

智永

歐陽詢

褚遂良

懷素

顔真卿

蔡襄

趙佶

巡

巡

米芾

康里子山

徐渭

董其昌

王鐸

巢

巢

黃庭堅

饒介

祝允明

# 工部

工
智永
歐陽詢
孫過庭
懷素
高閑
蔣善進
趙佶
祝允明
左
王羲之
王獻之
智永
歐陽詢
懷素
黃庭堅
趙佶
趙孟頫
巧
智永
孫過庭
懷素
高閑
蔣善進
趙佶
祝允明
張弼
巨
智永
孫過庭
懷素
趙佶
趙孟頫
沈粲
祝允明
張弼
巫
懷素
楊維楨
文徵明
王守仁
差

己　已　巳　巷

王羲之
王獻之
孫過庭
李懷琳
趙孟頫
祝允明
王鐸
己部
己
王獻之
智永
李世民
懷素
孫過庭
趙佶
鮮于樞
徐渭
已
王羲之
顏真卿
孫過庭
懷素
蔡襄
蘇軾
米芾
陸游
巳
懷素
何紹基
巷
陳淳
婁堅
何紹基
巾部

巾 市 布 希 帖 帚 帛 帝

**巾**
智永
懷素
高閑
趙佶
趙孟頫

**市**
王羲之
智永
歐陽詢
懷素
高閑
趙佶
張弼

**布**
王羲之
智永
歐陽詢
孫過庭
高閑
懷素
黃庭堅
趙佶

**希**
張芝
王羲之
孫過庭
黃庭堅
趙構
文徵明
王鐸

**帖**
米芾
薛紹彭
王鐸
何紹基

**帚**
王庭筠
文徵明

**帛**
王獻之
趙孟頫
祝允明

**帝**
王羲之
王獻之
智永
賀知章
懷素

帷 常 帶 帳 席 師

米芾
趙佶
鮮于樞
帷
智永
歐陽詢
懷素
趙佶
常
王羲之
王獻之
智永
孫過庭
懷素
智永
歐陽詢
孫過庭
懷素
高閑
蔡襄
薛紹彭
李世民
歐陽詢
懷素
趙佶
鮮于樞
張弼
帶
孫過庭
賀知章
懷素
米芾
趙佶
帳
智永
李懷琳
趙佶
鮮于樞
張弼
席
王羲之
智永
趙佶
鮮于樞
師
王羲之
智永
孫過庭
懷素

高閑
趙佶
沈粲
祝允明
徐渭

幀

薛紹彭

趙之謙

幅

米芾
趙孟頫
陸居仁
張瑞圖
何紹基

幕

鮮于樞
宋克
張瑞圖
王鐸

幔

陳淳

王鐸

幢

懷素
趙孟頫
宋克
董其昌

# 干部

干

郗愔
米芾

平

王羲之
智永
賀知章

孫過庭
李懷琳
懷素
黃庭堅
趙佶

年

張芝

王羲之
智永
賀知章
孫過庭
顏真卿
高閑
黃庭堅
米芾

**并**

王獻之
智永
歐陽詢
懷素
李懷琳
黃庭堅
趙孟頫
沈粲

**幸**

張芝
王羲之
智永
歐陽詢
孫過庭
李懷琳
趙佶
趙孟頫
詹景鳳

**幹**

孫過庭
蔡襄
米芾
趙孟頫
宋克
王鐸

## 幺部

**幼**

王獻之
賀知章
李懷琳
宋克
王鐸
何紹基

幽

懷素　米芾　祝允明　張瑞圖　王寵　王鐸

幾

智永　歐陽詢　孫過庭　懷素　蔡襄　黃庭堅

趙佶　趙孟頫　祝允明

## 广部

床

智永　孫過庭　懷素　高閑　趙佶　康里子山

序

孫過庭　朱耷　劉墉

庖

孫過庭　鄧石如

店

鮮于樞　王鐸

府

王羲之　王獻之　智永

庚 度 座 庫庭 庵 庶 康

懷素
趙佶
鮮于樞
宋克
張弼
庚
董其昌
王澤
度
王羲之
王獻之
懷素
黃庭堅
米芾
薛紹彭
陳淳
王鐸
座
懷素
李懷琳
黃庭堅
王鐸
庫
蘇軾
趙孟頫
宋克
庭
智永
歐陽詢
孫過庭
懷素
黃庭堅
趙佶
徐渭
庵
米芾
陸游
溥光
王鐸
庶
王羲之
智永
孫過庭
懷素
趙佶
趙孟頫
沈粲
祝允明
康

廟廚 廓 廊 廉庾 庸

| 廟廚 | 廓 | 廊 | | 廉庾 | 庸 | |
|---|---|---|---|---|---|---|
| 黄道周 | 趙佶 | 祝允明 | 智永 | 趙孟頫 | 趙孟頫 | 智永 |
| 廚 | 張弼 | 廊 | 歐陽詢 | 詹景鳳 | 沈粲 | 歐陽詢 |
| 宋克 | 廓 | 智永 | 孫過庭 | 徐渭 | 庸 | 孫過庭 |
| 文徵明 | 懷素 | 歐陽詢 | 懷素 | 庾 | 智永 | 懷素 |
| 何紹基 | 趙孟頫 | 懷素 | 黄庭堅 | 王羲之 | 孫過庭 | 高閑 |
| 廟 | 鮮于樞 | 高閑 | 趙佶 | 孫過庭 | 懷素 | 蔣善進 |
| 智永 | 宋克 | 蔣善進 | 鮮于樞 | 廉 | 趙佶 | 趙佶 |

廢 廣 廩 廬

廢
賀知章
懷素
高閑
蔣善進
趙佶
詹景鳳
顏真卿
黃庭堅
趙構
陸居仁
宋克
祝允明
王鐸
廣
王羲之
王獻之
智永
懷素
孫過庭
趙佶
鮮于樞
宋克
沈粲
廩
王羲之
趙孟頫
宋克
廬
李白
懷素
李懷琳
陸居仁
宋克
祝允明
文徵明

# 廴部

廷

李懷琳

黃庭堅

趙孟頫

宋克

張瑞圖

延

王羲之

李懷琳

趙構

宋克

王守仁

張弼

建

智永

懷素

孫過庭

趙佶

鮮于樞

沈粲

張弼

迴

智永

歐陽詢

孫過庭

懷素

趙佶

鮮于樞

張弼

寥輔

# 廾部

弄

張弼

莫是龍

吳昌碩

弊

王羲之

智永

歐陽詢

孫過庭

懷素

米芾

趙佶

趙孟頫

祝允明

## 弋部

### 式

孫過庭

## 弓部

### 弓

黃庭堅

趙孟頫

宋克

祝允明

### 弔

智永

懷素

李懷琳

趙佶

鮮于樞

趙孟頫

祝允明

### 引

智永

孫過庭

懷素

高閑

蔣善進

黃庭堅

趙佶

張　弱　弩　弦　弟　弘　弗

趙佶
鮮于樞
趙孟頫
張弼
張
張芝
王羲之
王寵
弱
智永
歐陽詢
孫過庭
懷素
黃庭堅
蔣善進
趙佶
趙孟頫
張弼
弩
趙孟頫
宋克
黃庭堅
米芾
趙佶
弦
智永
懷素
高閑
弟
王羲之
王獻之
智永
賀知章
顏真卿
懷素
趙孟頫
弘
王羲之
孫過庭
趙孟頫
宋克
祝允明
弗
智永
歐陽詢
孫過庭
懷素
趙佶
鮮于樞

彫　彩彥　形　彌　强

懷素
張弼
祝允明
陳淳
彫
智永
孫過庭

張弼
彥
蔡襄
米芾
趙孟頫
張雨
彩

形
智永
孫過庭
懷素
趙佶
鮮于樞
沈粲

# 彡部

彌
王羲之
孫過庭
蔡襄
王寵
董其昌
王鐸

强
王羲之
孫過庭
李懷琳
朱熹
趙孟頫
王鐸

智永
孫過庭
懷素
黃庭堅
米芾
趙佶
鮮于樞

往 彼役 影彰 彭 彬

懷素
高閑
趙孟頫
沈粲
彬
孫過庭
王守仁

彭
索靖
楊凝式
薛紹彭
趙孟頫
宋克
韓道亨

王鐸
彰
賀知章
孫過庭
影
薛紹彭
祝允明

徐渭
董其昌
張瑞圖

彳部

役
王羲之
張瑞圖
彼
王羲之
王徽之
智永

孫過庭
懷素
米芾
薛紹彭
鮮于樞
祝允明
往

彡部 彳部

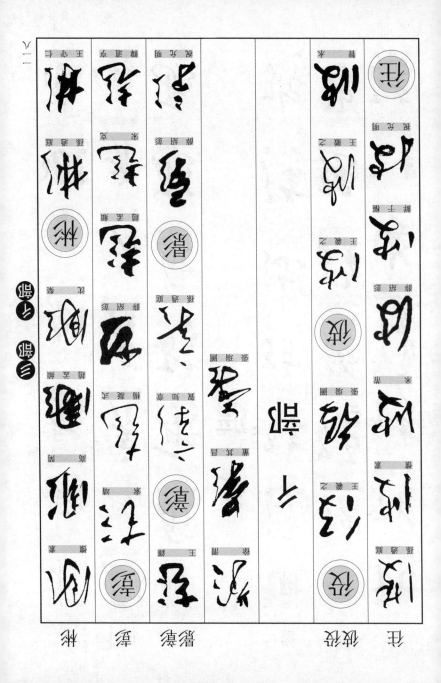

後 律 徊 待 征

王羲之
王獻之
智永
孫過庭
懷素
高閑
蘇軾
孫過庭
懷素
趙佶
鮮于樞
沈粲
張弼
後
孫過庭
趙佶
趙孟頫
祝允明
徐渭
律
智永
宋克
祝允明
文徵明
陳淳
徊
智永
懷素
陸治
鄧石如
待
索靖
張芝
王羲之
王獻之
黃庭堅
米芾
征
王羲之
蘇軾
王寵
徐渭
王羲之
王獻之
智永
李世民
孫過庭
懷素
蔡襄

彳部

從 徘 得 徒 徑 徐

從
王羲之
智永
孫過庭
懷素
蔡襄
蘇軾
孫過庭
懷素
高閑
趙佶
趙孟頫
張弼
徐渭
褚遂良
孫過庭
懷素
蘇軾
米芾
徘
智永
王寵
董其昌
得
張芝
王羲之
王獻之
智永
張瑞圖
徒
懷素
孫過庭
黄庭堅
米芾
宋克
王寵
陳淳
王鐸
徑
王獻之
孫過庭
黄庭堅
米芾
趙佶
徐
趙佶
鮮于樞
宋克
張弼

彳部

## 徹

孫過庭
懷素
蘇軾
趙佶
鮮于樞
〔徹〕
楊凝式

## 德

鮮于樞
詹景鳳
〔德〕
王羲之
王獻之
智永
賀知章

## 德（續）

王獻之
智永
孫過庭
懷素
蔡襄
黃庭堅
趙佶

## 微徵

趙孟頫
祝允明
〔徵〕
姚綬
文徵明
張瑞圖
〔微〕

## 循

孫過庭
蔡襄
黃庭堅
米芾
〔循〕
王覲
王循

## 復

蘇軾
趙佶
趙孟頫
祝允明
〔復〕
王羲之
賀知章

## 御

黃庭堅
米芾
趙佶
〔御〕
智永
懷素
高閑

徽

文徵明

王鐸

徽

王徽之

董其昌

張瑞圖

王鐸

心(忄)部

心

王羲之

王獻之

智永

歐陽詢

賀知章

孫過庭

必

懷素

李懷琳

黃庭堅

王羲之

王獻之

智永

忌

賀知章

孫過庭

黃庭堅

米芾

範成大

趙孟頫

忍

賀知章

懷素

陳鴻壽

王羲之

褚遂良

趙構

忒

張瑞圖

賀知章

志

王羲之

智永

歐陽詢

忽　念快　忠忝　忘

懷素
孫過庭
李懷琳
趙佶
鮮于樞
沈粲
忘
王羲之
智永
賀知章
孫過庭
蔡襄
趙佶
鮮于樞
張弼
忝
索靖
賀知章
忠
智永
孫過庭
賀知章
懷素
趙佶
鮮于樞
趙孟頫
沈粲
祝允明
快
王羲之
王獻之
朱熹
念
王羲之
王獻之
智永
褚遂良
懷素
趙佶
鮮于樞
祝允明
忽
王羲之
王獻之
張旭
懷素
孫過庭
蔡襄
趙構

急 性怡 思怯 怒 怏忿

| | | | | | | |
|---|---|---|---|---|---|---|
| 急 | 智永 | 蔡襄 | 張芝 | 康里子山 | 王敦 | 陳淳 |
| 黄庭堅 | 歐陽詢 | 米芾 | 王羲之 | 宋克 | 王獻之 | 張瑞圖 |
| 趙孟頫 | 孫過庭 | 怡 | 王獻之 | 王寵 | 怒 | 忿 |
| 宋克 | 懷素 | 孫過庭 | 智永 | 怯 | 黄庭堅 | 懷素 |
| 王寵 | 趙佶 | 鮮于樞 | 賀知章 | 朱熹 | 米芾 | 趙構 |
| 張瑞圖 | 鮮于樞 | 性 | 孫過庭 | 康里子山 | 趙構 | 宋克 |
| 王鐸 | 沈粲 | 王羲之 | 懷素 | 思 | 饒介 | 怏 |

心部

恨恙 恕 恐 恒 恃 怪怨

恙
索靖
陸柬之
蔡襄
梁同書
恨
王羲之

懷素
李懷琳
高閑
黃庭堅
恕
蘇軾
趙構

趙孟頫
恐
王羲之
王獻之
王徽之
智永
孫過庭

張弼
恒
王羲之
王獻之
智永
懷素
孫過庭

恃
智永
孫過庭
懷素
趙佶
鮮于樞
趙孟頫

王羲之
孫過庭
懷素
趙孟頫
康里子山
文徵明
董其昌

怨
賀知章
孫過庭
李懷琳
祝允明
張瑞圖
怪

悉　恪　息　恭　恩　耻

饒介

何紹基

悉

王羲之

王獻之

黄庭堅

杜衍

智永

孫過庭

懷素

趙佶

鮮于樞

張弼

恪

懷素

趙佶

鮮于樞

祝允明

息

王羲之

王獻之

康里子山

宋克

祝允明

恭

智永

賀知章

孫過庭

祝允明

張弼

恩

索靖

王廙

王珉

蔡襄

耻

智永

歐陽詢

孫過庭

懷素

趙佶

趙孟頫

王獻之

顏真卿

孫過庭

黄庭堅

米芾

薛紹彭

趙構

心部

患 悟 悚 恬 悖 悦

李世民
賀知章
李懷琳
黄庭堅
趙構
宋克
文徵明
趙構
趙孟頫
王鐸
何紹基
患
王羲之
王獻之
高閑
趙佶
沈粲
張弼
悟
王羲之
孫過庭
蔣善進
趙佶
祝允明
悚
智永
孫過庭
懷素
趙構
恬
智永
歐陽詢
孫過庭
懷素
高閑
懷素
高閑
蔣善進
趙佶
趙孟頫
悖
賀知章
範成大
文徵明
王鐸
悦
智永
賀知章
孫過庭

情悽　悶　悵　悴　悲　悠

智永
孫過庭
懷素
蔡襄
黄庭堅
趙佶
鮮于樞
何紹基
悽
範成大
張瑞圖
情
王羲之
王獻之
李東陽
悶
王羲之
王獻之
李懷琳
趙構
宋克
悵
索靖
王羲之
王獻之
蔡襄
趙構
趙孟頫
趙孟頫
祝允明
悴
王羲之
王獻之
康里子山
祝允明
悲
王羲之
王獻之
智永
懷素
趙佶
鮮于樞
悠
索靖
王羲之
趙構
宋克
祝允明
陳淳

心部

想 惡 惠 惟惜 惕惑

王獻之
智永
懷素
李懷琳
高閑
黃庭堅
米芾
孫過庭
顏真卿
李懷琳
米芾
趙佶
想
王羲之
黃庭堅
趙佶
惡
王羲之
王獻之
智永
賀知章
王羲之
王獻之
智永
李世民
孫過庭
懷素
蔡襄
智永
孫過庭
懷素
祝允明
張弼
徐渭
惠
王鐸
惜
蘇軾
杜衍
沈粲
惟
王羲之
惑
王羲之
趙構
宋克
惕
李懷琳
蔡襄

意 愈 愁愆 惹 惻 惶

惶

趙佶

惶

智永

李世民

懷素

高閑

趙佶

趙孟頫

趙佶

惻

智永

歐陽詢

孫過庭

懷素

趙佶

鮮于樞

趙孟頫

祝允明

惹

祝允明

吴昌碩

愆

裴休

王鐸

愁

懷素

米芾

趙構

文天祥

宋克

祝允明

陳淳

王鐸

愈

孫過庭

李懷琳

範成大

王守仁

祝允明

劉墉

意

王羲之

智永

孫過庭

李懷琳

懷素

黃庭堅

米芾

趙佶

| 慈慇 | 慎 | 愧 | 感 |  | 愛 | 愚 |
|---|---|---|---|---|---|---|
| 黄庭堅 | 宋克 | 趙佶 | 王羲之 | 賀知章 | 趙佶 | 鮮于樞 |
| 趙佶 | 祝允明 | 鮮于樞 | 智永 | 懷素 | 趙孟頫 | 愚 |
| 鮮于樞 | 慎 | 愧 | 歐陽詢 | 李懷琳 | 沈粲 | 王羲之 |
| 張弼 | 王羲之 | 懷素 | 孫過庭 | 蔡襄 | 愛 | 智永 |
| 慇 | 智永 | 蘇洵 | 懷素 | 趙佶 | 王羲之 | 歐陽詢 |
| 裴休 | 懷素 | 杜衍 | 蔡襄 | 鮮于樞 | 王獻之 | 懷素 |
| 慈 | 孫過庭 | 趙構 | 黄庭堅 | 感 | 智永 | 高閑 |

心部

慨　慧慢　慚　慘　慕態

| | | | | | | |
|---|---|---|---|---|---|---|
| 王羲之 | 慢 | 陳淳 | 康里子山 | 王獻之 | 祝允明 | 智永 |
| 黃庭堅 | 賀知章 | 慚 | 祝允明 | 智永 | 態 | 歐陽詢 |
| 慨 | 李懷琳 | 孫過庭 | 慘 | 孫過庭 | 孫過庭 | 賀知章 |
| 索靖 | 康里子山 | 祝允明 | 王獻之 | 李懷琳 | 祝允明 | 柳公權 |
| 王羲之 | 祝允明 | 文徵明 | 褚遂良 | 懷素 | 張瑞圖 | 懷素 |
| 米芾 | 徐渭 | 王鐸 | 孫過庭 | 趙佶 | 何紹基 | 趙佶 |
| 陳淳 | 慧 | 劉墉 | 鮮于樞 | 鮮于樞 | 慕 | 鮮于樞 |

心部

慮　慰　慶　慷　慼　憂

張瑞圖
王鐸

**慮**
王羲之
王獻之
智永
孫過庭

懷素
趙佶
趙孟頫
祝允明

**慰**
王羲之
王獻之

李世民
張旭
蔡襄
薛紹彭
趙構

**慶**
王羲之

王獻之
智永
賀知章
趙佶
鮮于樞
祝允明

**慷**
索靖
趙孟頫
陳淳

**慼**
智永
歐陽詢
賀知章

孫過庭
懷素
趙佶
趙孟頫
祝允明

**憂**
張芝

王羲之
賀知章
褚遂良
米芾
趙構
宋克
王鐸

懈　懇　憶憤　憩憚　憔憑　憎　憐

蘇軾　杜衍　朱熹　陳元素　劉墉　懈　賀知章

趙孟頫　李東陽　王寵　王鐸　懇　王羲之　懷素

何紹基　憤　王鐸　憶　索靖　王獻之　米芾

米芾　康里子山　憚　趙構　憩　王寵　張瑞圖

憑　孫過庭　陸游　王守仁　張瑞圖　王鐸　憔

王鐸　憎　米芾　趙構　王守仁　王寵　張瑞圖

憐　懷素　薛紹彭　文天祥　鮮于樞　宋克　徐渭

心部

懿 懼 懸 懷 懶懊 應

懷素
高閑
蔣善進
趙佶
祝允明
懿
孫過庭
米芾
祝允明
懼
智永
歐陽詢
孫過庭
李懷琳
王羲之
王獻之
王珉
智永
懷素
孫過庭
高閑
懷素
孫過庭
蔡襄
黄庭堅
米芾
趙佶
懸
李懷琳
蔡襄
王鐸
懷
王羲之
王獻之
智永
趙構
範成大
朱熹
鮮于樞
懊
孫過庭
懶
吴昌碩
應
王羲之
賀知章
懷素
蘇軾
黄庭堅

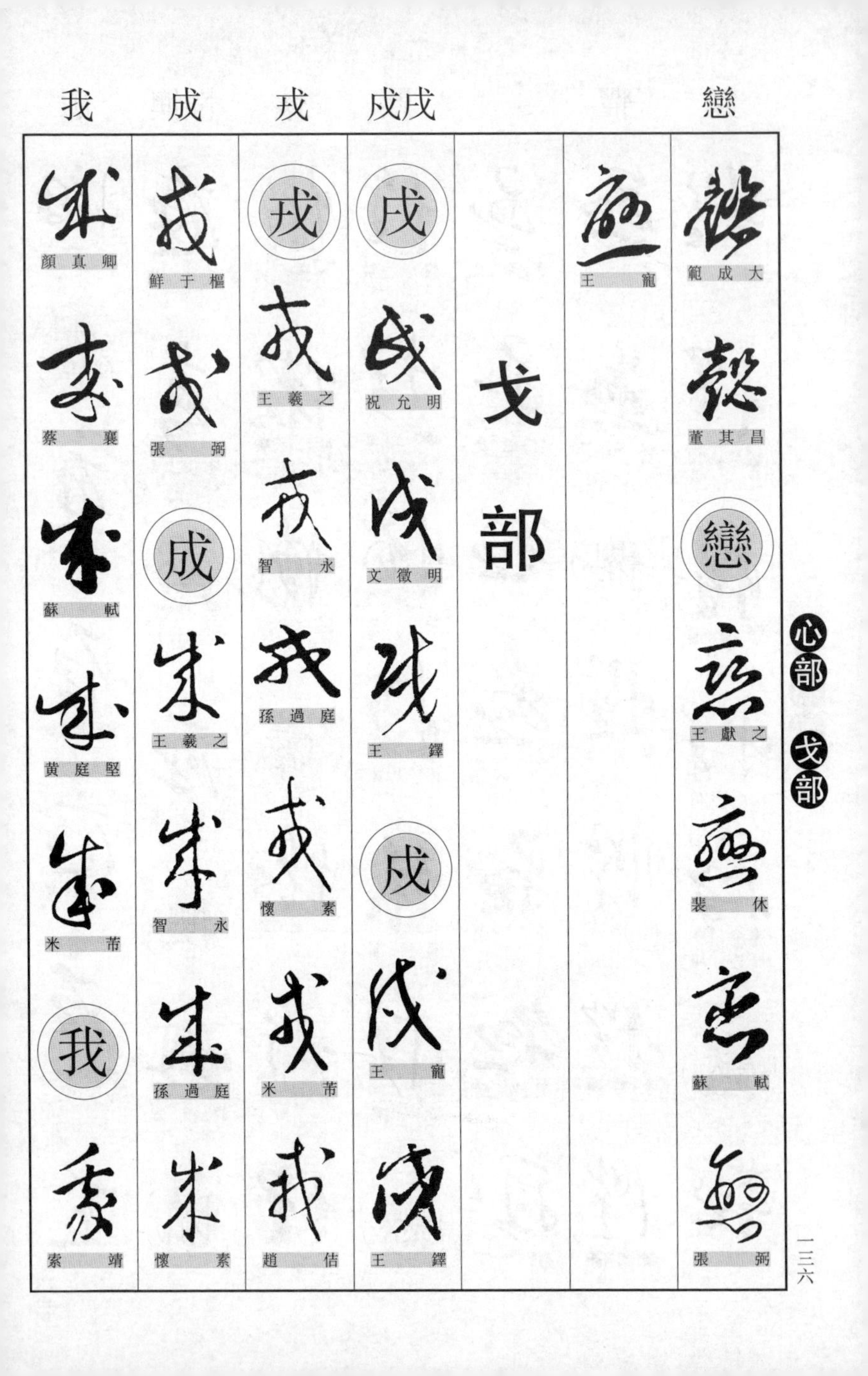

范成大
董其昌

戀

王獻之
裴休
蘇軾
張弼
王寵

# 戈部

戍

祝允明
文徵明
王鐸

戌

王寵
王鐸

戎

王羲之
智永
孫過庭
懷素
米芾
趙佶

鮮于樞
張弼

成

王羲之
智永
孫過庭
懷素

顏真卿
蔡襄
蘇軾
黃庭堅
米芾

我

索靖

戰 戲 截戮 戟 戚 或

**戰**：張瑞圖　賀知章　黃庭堅　米芾　趙構　王寵

**戲**：王獻之　李世民　黃庭堅　米芾　宋克　陳淳

**戮**：索靖　賀知章　鮮于樞

**截**：陸居仁　王鐸

**戟**：趙佶　宋克　祝允明　張弼　索靖　董其昌

**戚**：趙孟頫　陳淳　王鐸　智永　懷素　高閑

**或**：沈粲　王羲之　懷素　孫過庭　米芾　趙構　王羲之　孫過庭　懷素　黃庭堅　趙佶　趙孟頫　宋克

扇扁 所 房 户 戴

戴
王鐸
朱奋
戴
懷素
趙孟頫
文徵明
韓道亨
户部
户
王羲之
智永
歐陽詢
懷素
米芾
趙佶
鮮于樞
祝允明
房
智永
懷素
高閑
蔣善進
趙佶
趙孟頫
張弼
祝允明
所
王羲之
王獻之
智永
孫過庭
懷素
蔡襄
黄庭堅
米芾
趙佶
扁
趙構
趙孟頫
王守仁
文徵明
扇
智永

孫過庭 懷素 高閑 蔣善進 趙佶 趙孟頫 祝允明

**扉**

文徵明 張瑞圖 王鐸 傅山

# 手（扌）部

**手**

王羲之 智永 孫過庭 懷素 李懷琳 高閑 黄庭堅 趙佶

**才**

智永 賀知章 孫過庭 蔡襄 鮮于樞 趙孟頫 祝允明 詹景鳳

**扣**

祝允明 張瑞圖

**扶**

智永 歐陽詢 孫過庭 懷素 趙佶 鮮于樞

披　抉把　折抑　抗　投　承

王守仁
王寵
披
王羲之
孫過庭
李東陽
祝允明

王守仁
董其昌
把
米芾
文徵明
張瑞圖
抉

抑
孫過庭
趙構
折
王獻之
孫過庭
宋克

智永
孫過庭
懷素
趙佶
趙孟頫
詹景鳳
徐渭

歐陽詢
懷素
趙佶
鮮于樞
張弼
寥輔
抗

蔡襄
黃庭堅
趙佶
張弼
投
索靖
智永

沈燦
張弼
承
王羲之
王獻之
智永
懷素

拙拔　拒　拂　拜　拘拋　抽　抱

韓道亨
拔
陸居仁
宋克
沈粲
拙
孫過庭
趙孟頫
陸居仁
王寵
王鐸
拒
孫過庭
祝允明
懷素
高閑
蘇軾
黃庭堅
米芾
趙佶
拂
懷素
孫過庭
趙孟頫
拜
王羲之
智永
孫過庭
張弼
寥輔
拋
祝允明
文徵明
傅山
拘
陳淳
抽
智永
懷素
高閑
趙佶
沈燦
張瑞圖
王鐸
抱
蘇軾
趙構
祝允明
王寵

## 指

董其昌
張瑞圖
指
智永
孫過庭
懷素
高閑

## 挂

蘇軾
黃庭堅
趙佶
鮮于樞
挂
王羲之
蘇軾

## 持

徐渭
持
智永
歐陽詢
懷素
顏真卿
蔡襄

## 拾拳

趙孟頫
沈粲
詹景鳳
拳
楊凝式
拾
懷素

## 拱

範成大
拱
智永
孫過庭
懷素
趙佶
鮮于樞

## 拭

孫過庭
趙佶
趙孟頫
沈粲
詹景鳳
拭
孫過庭

## 招

米芾
朱熹
趙孟頫
沈粲
招
智永
懷素

## 捐捍

張瑞圖

捍

孫過庭

捐

虞世南

蘇軾

宋克

## 捉

米芾

陸游

祝允明

王鐸

捉

米芾

張弼

## 挾挽

董其昌

挽

陸居仁

祝允明

張瑞圖

挾

李懷琳

## 挺

趙佶

鮮于樞

趙孟頫

沈粲

祝允明

挺

蘇軾

## 振挫

挫

孫過庭

康里子山

蔡羽

振

歐陽詢

懷素

## 挨挑

黃庭堅

李東陽

挑

王羲之

韓道亨

挨

範成大

## 按

蔣善進

蔡襄

蘇軾

黃庭堅

米芾

按

索靖

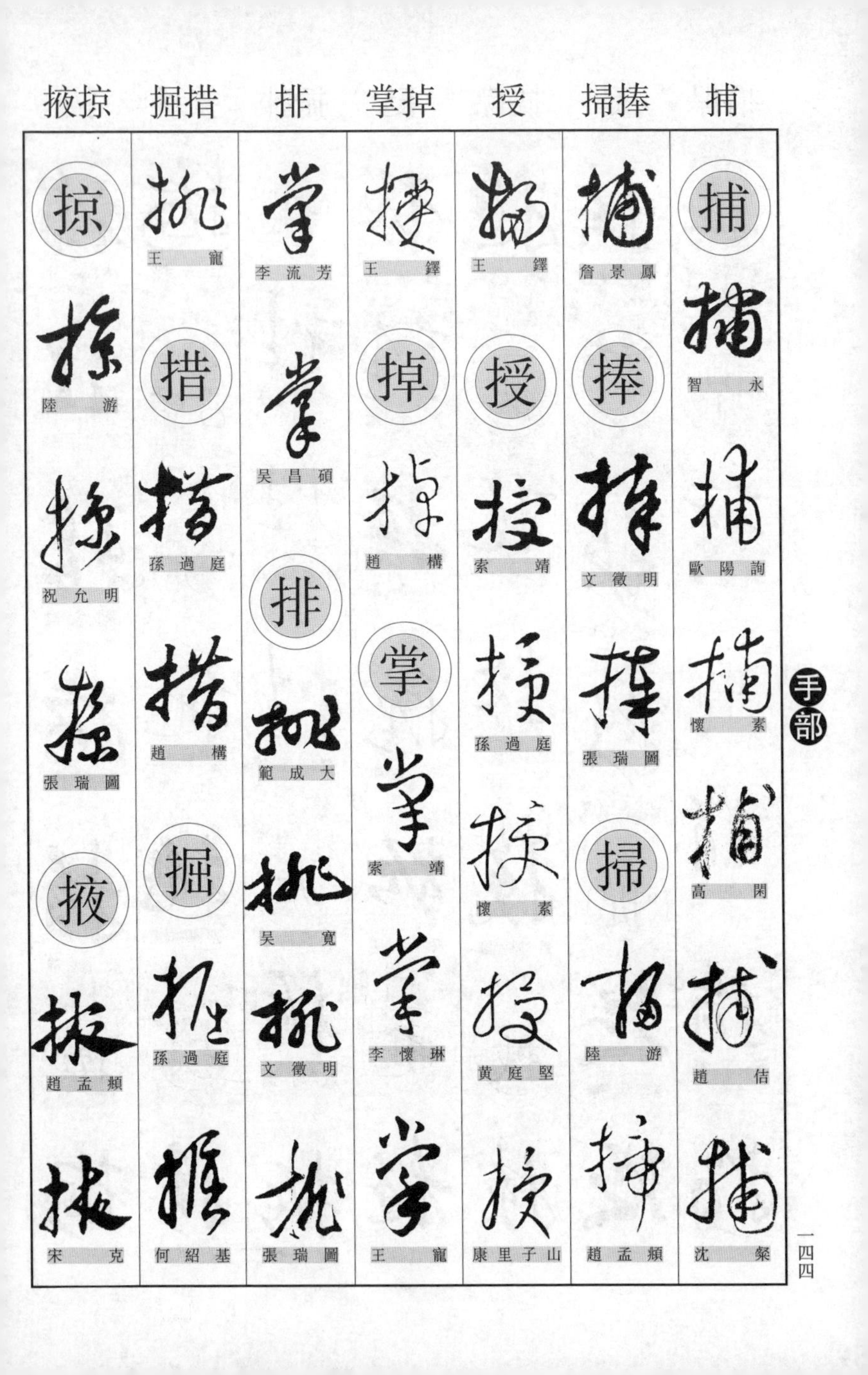

掠

王寵

陸游

祝允明

張瑞圖

掖

趙孟頫

宋克

李流芳

措

孫過庭

趙構

掘

孫過庭

何紹基

吳昌碩

排

範成大

吳寬

文徵明

張瑞圖

王鐸

掉

趙構

掌

索靖

李懷琳

王寵

王鐸

授

索靖

孫過庭

懷素

黃庭堅

康里子山

詹景鳳

捧

文徵明

張瑞圖

掃

陸游

趙孟頫

捕

智永

歐陽詢

懷素

高閑

趙佶

沈粲

手部

## 掬

米芾 · 陸游 · 鮮于樞 · 文徵明 · 翁方綱 · 懷素

## 掩

米芾 · 趙佶 · 鮮于樞 · 康里子山 · 祝允明 · 孫過庭

## 推

詹景鳳 · 張瑞圖 · 王羲之 · 智永 · 孫過庭 · 懷素

## 控

懷素 · 高閑 · 蘇軾 · 黃庭堅 · 趙佶 · 祝允明

## 接

蔡羽 · 韓道亨 · 王羲之 · 智永 · 歐陽詢 · 孫過庭

## 掔探

探：趙構 · 趙孟頫 · 張瑞圖

掔：趙孟頫 · 康里子山

## 採

祝允明 · 王鐸 · 王羲之 · 張瑞圖 · 王鐸 · 張照

援 揮 揭揣 握 换 揚揖 插提

祝允明
王寵
援
王獻之
智果
孫過庭
趙孟頫
吳鎮
揮
孫過庭
米芾
範成大
饒介
鮮于樞
王鐸
吳昌碩
揣
康里子山
揭
王羲之
李邕
米芾
吳志淳
文徵明
握
黄庭堅
祝允明
王寵
孫過庭
懷素
趙構
康里子山
宋克
陣淳
换
趙孟頫
揖
李懷琳
祝允明
張瑞圖
揚
賀知章
張即之
祝允明
提
米芾
趙孟頫
張瑞圖
插

撓撐　摹摭　摩　摧　搜　搖　損

**損**

宋克
張弼

**損**

王導
米芾
杜衍
趙構

**搖**

康里子山
王守仁
王鐸

**搖**

李懷琳
蔡襄
蘇軾

**搜**

米芾
鮮于樞
趙孟頫
陳淳

**搜**

孫過庭
吳寬

**摧**

宋克
董其昌

**摧**

王羲之
黃庭堅
徐渭
王鐸

**摩**

**摩**

智永
懷素
孫過庭
高閑
趙佶
祝允明

**摹摭**

詹景鳳

**摭**

孫過庭

**摹**

孫過庭
董其昌
王鐸

**撓撐**

**撐**

米芾
祝允明
張瑞圖

**撓**

饒介
祝允明

何紹基
文徵明
擅
懷素
孫過庭
米芾
操

王鐸
擊
孫過庭
饒介
黃庭堅
祝允明
趙孟頫

範成大
擇
賀知章
孫過庭
饒介
蘇軾
宋克

蘇軾
董其昌
撻
董其昌
撿
顏真卿
米芾

文徵明
張瑞圖
播
趙構
祝允明
撰
孫過庭

王羲之
黃庭堅
宋克
解縉
王鐸
撲
蔡襄

撥
蘇軾
饒介
朱熹
王鐸
何紹基
撫

攀　擾擲　擬　擢攬　據擔

朱熹
趙孟頫
宋克
婁堅
攀
宋克
祝允明
祝允明
王鐸
擲
陸居仁
劉珏
擾
米芾
趙孟頫
宋克
張弼
擬
孫過庭
鮮于樞
趙孟頫
徐渭
攬
蔡襄
祝允明
陳淳
擢
範成大
智永
孫過庭
懷素
趙佶
鮮于樞
趙孟頫
詹景鳳
祝允明
張弼
擔
懷素
端方
據
王獻之
王獻之
智永
懷素
米芾
趙佶
鮮于樞
趙孟頫

攜

陳淳

張瑞圖

朱耷

攜

黃庭堅

米芾

陸游

攘

宋克

祝允明

張瑞圖

何紹基

攘

懷素

趙構

攝

董其昌

攝

智永

孫過庭

懷素

趙佶

鮮于樞

攬攢

趙孟頫

祝允明

張弼

攢

懷素

孫過庭

攬

李世民

文震孟

# 攴(攵)部

收

收

智永

孫過庭

懷素

米芾

趙佶

鮮于樞

效　故　政　攻　改　攸

蔡襄
黄庭堅
效
智永
孫過庭
鮮于樞
趙孟頫
王羲之
王獻之
智永
孫過庭
顏真卿
懷素
高閑
蘇軾
米芾
趙佶
鮮于樞
趙孟頫
張弼
故
王獻之
李懷琳
康里子山
祝允明
政
智永
懷素
蔡襄
黄庭堅
趙佶
鮮于樞
張弼
攻
索靖
趙佶
沈粲
祝允明
改
智永
懷素
孫過庭
祝允明
張弼
攸
索靖
智永
孫過庭
高閑

| 散 | 敢敗 | 敝潎 | 救 | 敏 | 教 | 敍 |
|---|---|---|---|---|---|---|
| 李懷琳 | 敗 | 潎 | 倪元璐 | 祝允明 | 懷素 | 沈粲 |
| 蘇軾 | 趙孟頫 | 王羲之 | 救 | 文徵明 | 李懷琳 | 張弼 |
| 黃庭堅 | 宋克 | 韓道亨 | 王羲之 | 周天球 | 教 | 徐渭 |
| 宋克 | 敢 | 敝 | 賀知章 | 敏 | 賀知章 | 敍 |
| 沈粲 | 智永 | 趙孟頫 | 趙構 | 賀知章 | 李懷琳 | 王羲之 |
| 散 | 賀知章 | 宋克 | 宋克 | 孫過庭 | 米芾 | 王洽 |
| 王羲之 | 懷素 | 趙之謙 | 王鐸 | 宋克 | 趙孟頫 | 孫過庭 |

歛整　敷　數　敵　敬　敦

懷素
蔡襄
黃庭堅
薛紹彭
鮮于樞
趙孟頫
張弼
敦
智永
孫過庭
懷素
趙孟頫
沈粲
陳淳
敬
王羲之
王獻之
索靖
智永
賀知章
孫過庭
懷素
黃庭堅
鮮于樞
敵
蘇軾
趙構
宋克
張瑞圖
王鐸
數
王羲之
王獻之
蘇軾
黃庭堅
趙構
陸游
解縉
吳寬
王鐸
敷
孫過庭
虞世南
整
沈粲
祝允明
陳淳
張瑞圖
歛

文　　斛料斗　　斜

攴部　文部　斗部

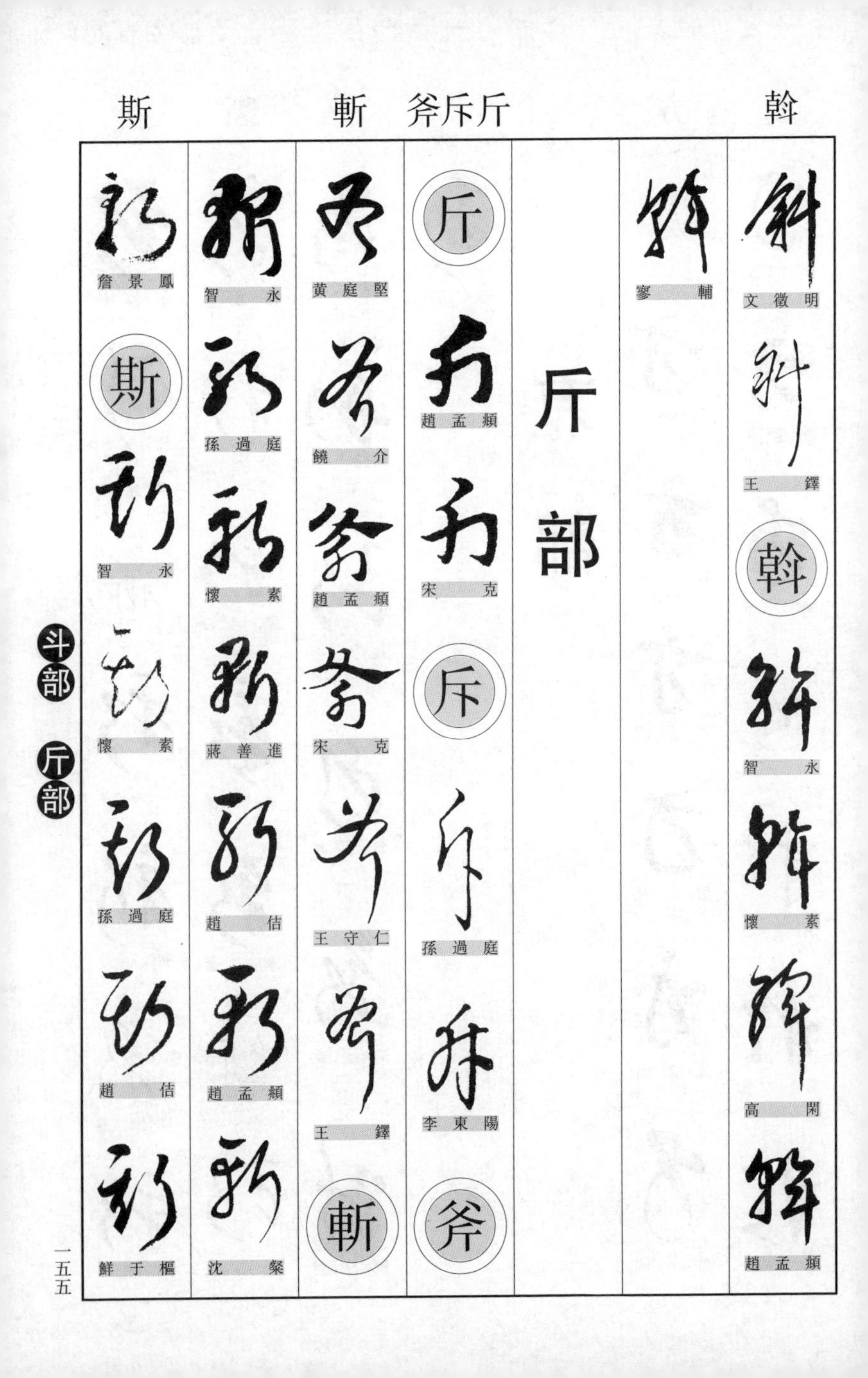

斡 斧斥斤 斬 斯

文徵明

王鐸

斡

智永

懷素

高閑

趙孟頫

寥輔

# 斤部

斤

趙孟頫

宋克

斥

孫過庭

李東陽

斧

黄庭堅

饒介

趙孟頫

宋克

王守仁

王鐸

斬

智永

孫過庭

懷素

蔣善進

趙佶

趙孟頫

沈粲

詹景鳳

斯

智永

懷素

孫過庭

趙佶

鮮于樞

新 斷 方 於

趙孟頫
祝允明
新
王羲之
智永
虞世南
歐陽詢
孫過庭
懷素
蔡襄
黃庭堅
米芾
斷
王羲之
孫過庭
蔡襄
趙構
趙孟頫
宋克
祝允明
王鐸
方部
方
王羲之
智永
孫過庭
懷素
黃庭堅
趙佶
鮮于樞
趙孟頫
沈粲
於
王羲之
智永
賀知章

旗 族 旋 旌旅 施

虞世南
孫過庭
懷素
顏真卿
蘇軾
黃庭堅

施

智永
孫過庭
懷素
高閑
趙佶
趙孟頫
祝允明

張弼

旅

王羲之
鮮于樞
祝允明
王鐸

旌

懷素
祝允明
王寵
王鐸

旋

王羲之
智永
智永
高閑
趙佶
趙孟頫
沈粲

族

索靖
孫過庭
宋克

旗

懷素
趙構
宋克
祝允明
王寵
王鐸

方部

# 无(旡)部

**既**

既：王羲之、王獻之、智永、褚遂良、孫過庭、懷素、米芾、趙佶、鮮于樞

# 日部

**日**

日：王羲之、王獻之、智永、賀知章、懷素、孫過庭、褚遂良、蔡襄、黃庭堅

**旦**

旦：王羲之、智永、歐陽詢、懷素、黃庭堅、米芾、趙佶、鮮于樞、沈粲

**早**

明　昌　昆　昃旱　旭旬

智永
賀知章
孫過庭
懷素
蘇軾
黄庭堅
趙佶
鮮于樞
宋克
祝允明
董其昌
明
王羲之
王獻之
懷素
趙佶
趙孟頫
祝允明
寥輔
昌
王羲之
鮮于樞
趙孟頫
祝允明
張弼
昆
智永
歐陽詢
旱
懷素
趙構
昃
智永
懷素
趙佶
旬
孫過庭
王鐸
旭
懷素
張旭
王鐸
王羲之
智永
懷素
高閑
蘇軾
趙佶
趙構

春　映　星　昔　易　昏

春
王羲之
賀知章
孫過庭
懷素
蔡襄
黃庭堅
智永
懷素
趙佶
鮮于樞
沈粲
張弼
寥輔
孫過庭
懷素
黃庭堅
趙佶
鮮于樞
祝允明
映
蔡襄
米芾
張瑞圖
王鐸
星
智永
歐陽詢
高閑
黃庭堅
米芾
昔
王羲之
賀知章
懷素
易
王羲之
王獻之
智永
賀知章
孫過庭
懷素
昏
孫過庭
蔡襄
朱熹
趙孟頫
張弼
王鐸

晚　晉晃　時　是　昭　昨昧

懷素
米芾
趙佶
鮮于樞
沈粲
祝允明
晚

蔡襄
蘇軾
晃
趙佶
晉
智永
孫過庭

王羲之
王獻之
智永
賀知章
孫過庭
顏真卿
懷素

賀知章
孫過庭
懷素
黃庭堅
趙佶
鮮于樞
時

懷素
米芾
宋克
是
王羲之
王獻之
智永

王獻之
褚遂良
蘇軾
範成大
王鐸
何紹基
昭

文天祥
饒介
昧
孫過庭
張瑞圖
昨
王羲之

日部

晴　景　晨　晤　晦　畫

王羲之
王獻之
智永
懷素
高閑
黃庭堅
趙佶
趙孟頫
祝允明
畫
智永
歐陽詢
懷素
高閑
蘇軾
米芾
趙佶
趙孟頫
晦
智永
孫過庭
高閑
趙佶
趙孟頫
祝允明
張弼
晤
婁堅
王鐸
王文治
伊秉綬
晨
蘇軾
王守仁
王寵
陳淳
王鐸
景
智永
孫過庭
蔡襄
趙佶
鮮于樞
趙孟頫
沈粲
徐渭
晴
王羲之
蔡襄

暢暝　暗暖　暉　暑　暇　智

| 暢暝 | 暗暖 | 暉 | 暑 | | 暇 | 智 |
|---|---|---|---|---|---|---|
| 康里子山 | 趙佶 | 祝允明 | 智永 | 懷素 | 蘇軾 | 沈粲 |
| 張瑞圖 | 趙孟頫 | 暉 | 孫過庭 | 米芾 | 黃庭堅 | 文徵明 |
| 暝 | 暖 | 智永 | 懷素 | 祝允明 | 趙構 | 張瑞圖 |
| 王寵 | 宋克 | 孫過庭 | 杜衍 | 陳元素 | 饒介 | 王鐸 |
| 張瑞圖 | 董其昌 | 懷素 | 趙佶 | 劉墉 | 張瑞圖 | 智 |
| 暢 | 暗 | 高閑 | 鮮于樞 | 暑 | 暇 | 王羲之 |
| 張芝 | 鮮于樞 | 黃庭堅 | 沈粲 | 王羲之 | 王羲之 | 孫過庭 |

曠　曜　曉　曇曆　暨暴　暫　暮

曠：懷素　高閑　趙佶　趙孟頫　沈粲　曠　智永

曜：王守仁　張瑞圖　傅山　曜　智永　歐陽詢　孫過庭

曉：王鐸　傅山　曉　陸游　張弼　祝允明　李東陽

曇曆：宋克　曆　懷素　宋克　徐渭　詹景鳳　曇

暨暴：祝允明　暴　王羲之　趙構　暨　懷素　孫過庭

暫：鮮于樞　祝允明　王寵　陳淳　暫　王獻之　米芾

暮：孫過庭　康里子山　王鐸　暮　懷素　黃庭堅　陸游

孫過庭
懷素
趙佶
趙孟頫
祝允明
張弼

# 曰部

曰

智永
賀知章
孫過庭
懷素
黃庭堅
文天祥

祝允明

曲

懷素
黃庭堅
趙佶
鮮于樞
沈粲

祝允明
陳淳

更

王羲之
王獻之
智永
懷素

孫過庭
黃庭堅
米芾
趙佶
鮮于樞

書

王羲之

智永
孫過庭
褚遂良
懷素
蘇軾
米芾
趙佶

鮮于樞

曹

文天祥

宋克

祝允明

文徵明

曾

趙構

黃庭堅

蘇軾

孫過庭

懷素

賀知章

王羲之

祝允明

最

智永

孫過庭

李懷琳

懷素

趙佶

祝允明

徐渭

會

索靖

智永

孫過庭

懷素

黃庭堅

米芾

趙佶

趙孟頫

# 月部

月

王羲之

孫過庭

懷素

蘇軾

黃庭堅

米芾

望　朗　朔　服　朋　有

鮮于樞
張　弼
祝允明
[有]
索　靖
王　導
王羲之
王獻之
智　永
李世民
賀知章
孫過庭
懷　素
[朋]
宋　克
文徵明
張瑞圖
王　鐸
[服]
王羲之
智　永
賀知章
孫過庭
懷　素
趙　佶
趙　構
鮮于樞
[朔]
王　導
孫過庭
李懷琳
宋　克
王　寵
[朗]
智　永
歐陽詢
懷　素
高　閑
趙孟頫
祝允明
詹景鳳
[望]
李世民
懷　素
蔡　襄
黃庭堅
趙　構
祝允明
張瑞圖

月部

朝

王羲之

智永

孫過庭

懷素

李懷琳

蘇軾

黄庭堅

趙佶

鮮于樞

期

王羲之

王獻之

懷素

朦

李懷琳

蔡襄

黄庭堅

鮮于樞

張弼

王鐸

朧

王鐸

# 木部

木

孫過庭

懷素

鮮于樞

祝允明

寥輔

未

王羲之

王獻之

賀知章

孫過庭

黄庭堅

宋克

文徵明

村杏　材　李　朽　朱札　本末

饒介
王守仁
杏
黄庭堅
張弼
傅山
村
米芾
趙佶
鮮于樞
張弼
詹景鳳
材
孫過庭
虞世南
懷素
王鐸
李
王羲之
智永
懷素
王羲之
懷素
饒介
宋克
張瑞圖
朽
王羲之
祝允明
札
孫過庭
懷素
宋克
陳淳
朱
王羲之
智永
賀知章
孫過庭
懷素
趙佶
趙孟頫
末
王羲之
孫過庭
懷素
文徵明
王鐸
本

杷　東　杭　東　杜　杖

智永
歐陽詢
懷素
高閑
趙佶
趙孟頫
祝允明
賀知章
孫過庭
懷素
蘇軾
黃庭堅
米芾
杷
陸居仁
祝允明
梁同書
東
王羲之
王慈
智永
黃庭堅
趙佶
趙孟頫
詹景鳳
杭
蔡襄
蘇舜元
寥輔
東
智永
歐陽詢
孫過庭
懷素
高閑
杜
智永
懷素
孫過庭
趙佶
鮮于樞
張弼
唐寅
張瑞圖
王鐸
杖
王羲之
懷素
王鐸

| 林 | 枕 | 枉 | 松 | | 枇板 | 杯 |
|---|---|---|---|---|---|---|
| 王寵 | 枕 | 鮮于樞 | 松 | 智永 | 趙孟頫 | 杯 |
| 林 | 王羲之 | 張弼 | 王羲之 | 懷素 | 張弼 | 智永 |
| 懷素 | 虞元亮 | 祝允明 | 王獻之 | 高閑 | 板 | 孫過庭 |
| 孫過庭 | 懷素 | 枉 | 智永 | 趙佶 | 趙孟頫 | 懷素 |
| 米芾 | 黃庭堅 | 王安石 | 懷素 | 趙孟頫 | 宋克 | 高閑 |
| 趙佶 | 祝允明 | 陳淳 | 米芾 | 祝允明 | 趙之謙 | 蔣善進 |
| 文徵明 | 文徵明 | 王鐸 | 趙佶 | 詹景鳳 | 枇 | 趙佶 |

染柄架　枯　枝　果　杳枚

智永
孫過庭
懷素
趙佶
趙構
鮮于樞
趙孟頫
架
孫過庭
文徵明
柄
趙孟頫
黃汝亨
染
張弼
枯
孫過庭
趙構
康里子山
宋克
王寵
枝
智永
孫過庭
懷素
趙佶
鮮于樞
祝允明
王羲之
王獻之
孫過庭
趙佶
趙孟頫
祝允明
寥輔
智永
懷素
趙佶
趙孟頫
張弼
祝允明
果
姚綬
祝允明
張弼
枚
王羲之
趙之謙
杳

根　株　柴　柳　柰柯　柱　柏柔

宋克
徐渭
王穉登
高鳳翰
根
王獻之
智永
趙孟頫
宋克
徐渭
文震孟
王鐸
株
趙孟頫
趙孟頫
陳淳
文徵明
文彭
張瑞圖
王鐸
柴
孫過庭
懷素
沈粲
祝允明
張弼
柳
米芾
陳淳
董其昌
柯
王鐸
張雨
柰
智永
米芾
張雨
王寵
王鐸
柱
黃庭堅
米芾
祝允明
柔
孫過庭
文天祥
趙孟頫
宋克
柏

桓　桐　案桂　栽　格校

祝允明
張弼
桓
索靖
王羲之
王獻之
智永
桐
智永
孫過庭
懷素
高閑
趙佶
趙孟頫
李懷琳
黄庭堅
範成大
朱熹
趙孟頫
周天球
張瑞圖
桂
王慈
米芾
祝允明
文徵明
何紹基
案
婁堅
王澍
何紹基
栽
趙孟頫
宋克
文彭
校
顏真卿
葉夢得
李東陽
格
米芾
宋克
孫過庭
懷素
高閑
趙佶
宋克
祝允明
陳淳


木部

梧梓 梗梁 條 梅 桃 桑

王守仁

梓

饒介

宋克

梧

智永

歐陽詢

梁

宋克

陳淳

文徵明

張瑞圖

梗

宋克

孫過庭

懷素

高閑

蔡襄

趙佶

張弼

寥輔

俞和

張弼

王寵

張瑞圖

王鐸

條

王羲之

王寵

徐渭

姚鼐

梅

李世民

杜衍

趙孟堅

宋克

祝允明

王寵

張瑞圖

桃

陸游

祝允明

孫過庭

懷素

趙佶

鮮于樞

張弼

桑

趙孟頫

森 棠 棘棗 棟 棋 棄 梨

鮮于樞
沈粲
張弼
森
懷素
宋克
祝允明
王守仁
韓道亨
棠
智永
孫過庭
懷素
趙佶
棗
王羲之
宋克
徐渭
棘
趙孟頫
宋克
薛紹彭
饒介
宋克
祝允明
棟
懷素
文徵明
張芝
王羲之
孫過庭
米芾
陳淳
張瑞圖
棋
王獻之
智永
懷素
陸游
鮮于樞
張弼
棄
懷素
高閑
趙佶
趙孟頫
沈粲
張弼
梨


木部

楊　橡椒　椎　植　楟棺　棹　棲

文徵明
董其昌
楊
王羲之
王獻之
顔真卿
孫過庭
王守仁
椒
宋克
祝允明
王寵
橡
陸居仁
米芾
趙佶
趙孟頫
沈粲
張弼
椎
孫過庭
賀知章
邓文原
王寵
植
智永
孫過庭
懷素
張瑞圖
棺
賀知章
趙孟頫
宋克
王鐸
楟
王寵
王守仁
徐渭
王鐸
棹
沈粲
祝允明
董其昌
張瑞圖
棲
李懷琳
懷素
趙構
祝允明

極　業　楚　榆楓　楷　楨

趙佶
鮮于樞
張弼
極
張芝
王羲之
王獻之
祝允明
業
王獻之
智永
孫過庭
懷素
米芾
歐陽詢
孫過庭
懷素
蔡襄
黃庭堅
趙佶
鮮于樞
趙構
趙孟頫
宋克
張瑞圖
王鐸
楚
智永
楓
陸游
鮮于樞
祝允明
董其昌
陳繼儒
榆
屠倬
沈葆楨
楷
孫過庭
宋克
王鐸
何紹基
黃庭堅
範成大
宋克
陳淳
楨
趙孟頫
宋克

槐榱構　槊　槁　榻　榮榜　榲

構
康里子山
饒介
榱
孫過庭
王鐸
槐
鮮于樞
沈粲
詹景鳳
槊
解縉
祝允明
張瑞圖
豐坊
莫是龍
翁方綱
槁
智永
孫過庭
懷素
趙佶
鮮于樞
趙孟頫
祝允明
詹景鳳
榻
王寵
榜
趙孟頫
宋克
榮
智永
孫過庭
懷素
智永
歐陽詢
懷素
趙佶
鮮于樞
祝允明
張弼
智永
孫過庭
懷素
蔡襄
蘇軾
黃庭堅
榲

模樞　標　樓　槳樊　樂概

楊維楨
樞
李世民
鮮于樞
黄汝亨
模
孫過庭

趙佶
趙孟頫
張弼
祝允明
標
孫過庭
蘇軾

祝允明
張瑞圖
樓
王羲之
智永
懷素
米芾

樊
鮮于樞
邓文原
宋克
王寵
董其昌
槳

智永
孫過庭
懷素
黄庭堅
米芾
趙佶
趙孟頫

祝允明
概
懷素
祝允明
董其昌
何紹基
樂
王羲之

智永
孫過庭
懷素
鮮于樞
趙孟頫
宋克
沈粲

## 機

薛紹彭

趙佶

沈粲

張弼

機

智永

孫過庭

## 横

王鐸

横

智永

孫過庭

懷素

黄庭堅

米芾

## 樽

薛紹彭

陸游

鮮于樞

樽

蘇軾

陸游

張瑞圖

## 橋

鮮于樞

沈粲

董其昌

橋

王獻之

蘇軾

黄庭堅

## 樹

文徵明

樹

智永

孫過庭

懷素

蔡襄

米芾

## 樸様

董其昌

張瑞圖

様

文徵明

陳鴻壽

樸

祝允明

## 樵

懷素

米芾

祝允明

王鐸

樵

薛邵彭

祝允明

權 欄 櫻櫝 檻檣 檢 檄 檀

| 權 | 欄 | 櫻櫝 | 檻檣 | 檢 | 檄 | 檀 |
|---|---|---|---|---|---|---|
| **權** | 蘇軾 | 王寵 | 宋克 | 陳鴻壽 | 趙孟頫 | 懷素 |
| 王獻之 | 文徵明 | 宋克 | **檣** | **檢** | 宋克 | 趙佶 |
| 孫過庭 | 詹景鳳 | **櫝** | 懷素 | 孫過庭 | **檄** | 趙孟頫 |
| 柳公權 | 鄧石如 | 孫過庭 | 文徵明 | 顏真卿 | 王覲 | 祝允明 |
| 米芾 | **欄** | 宋克 | 王鐸 | 黄庭堅 | 趙孟頫 | 詹景鳳 |
| 姚綬 | 鮮于樞 | 張瑞圖 | **檻** | 米芾 | 宋克 | **檀** |
| 張瑞圖 | 文徵明 | **櫻** | 蘇軾 | 趙孟頫 | 祝允明 | 懷素 |

王鐸

## 欠部

### 次

王羲之

王獻之

智永

孫過庭

懷素

趙佶

鮮于樞

趙孟頫

### 欣

王羲之

王獻之

智永

歐陽詢

孫過庭

懷素

文天祥

趙孟頫

祝允明

### 欲

王獻之

王徽之

李懷琳

懷素

褚遂良

黃庭堅

米芾

薛紹彭

趙佶

### 欺

黃庭堅

趙孟頫

宋克

祝允明

傅山

歡 歐 歎 歌 歇 款欽

欽
趙孟頫
趙佶
韓道亨
文徵明
傅山
王寵
歇
款
文彭
虞世南
韓道亨
趙構
王鐸
梁同書
歌
索靖
智永
孫過庭
懷素
高閑
黃庭堅
趙佶
趙孟頫
沈粲
歎
王羲之
孫過庭
蔡襄
米芾
趙構
陳淳
張瑞圖
歐
趙孟頫
宋克
姚鼐
歡
王羲之
智永
歐陽詢
孫過庭
懷素
趙佶
趙構
趙孟頫
張弼

# 止部

止

王獻之
智永
孫過庭
懷素
蘇軾
米芾

正

趙佶
鮮于樞
智永
孫過庭
懷素
蔡襄

此

米芾
趙佶
鮮于樞
張弼
王獻之
王慈
孫過庭
褚遂良
蔡襄
黄庭堅
米芾
趙佶
趙孟頫

步

王羲之
智永
懷素
高閑
蘇軾
米芾

武

趙佶
王羲之
李懷琳
懷素
趙佶
趙孟頫

歲

張弼 祝允明

歲

王羲之 孫過庭 懷素 蔡襄

黃庭堅 米芾 趙佶 張弼

歷

智永 孫過庭

懷素 蔡襄 米芾 趙佶 沈粲 祝允明

歸

張芝 王羲之 歐陽詢 孫過庭 懷素 蘇軾 黃庭堅

米芾 趙佶

## 歹（歺）部

死

死

賀知章 李懷琳 蘇軾 米芾 趙構 宋克

殺

殺
智永
懷素
鮮于樞
宋克
祝允明
詹景鳳

殷段

段
王羲之
王羲之
趙孟頫
宋克
韓道亨
殷
王羲之

殳部

殘

祝允明
殘
黄庭堅
陸游
文徵明
張瑞圖
王鐸

王羲之
孫過庭
懷素
李懷琳
蔡襄
黄庭堅
鮮于樞

殊殃

趙孟頫
張弼
殃
趙構
宋克
殊
張芝

殆

董其昌
殆
智永
歐陽詢
孫過庭
懷素
趙佶

殿

米芾

朱熹

宋克

陳淳

王鐸

殿

王羲之

智永

孫過庭

懷素

趙佶

張即之

鮮于樞

趙孟頫

毀

祝允明

毀

王羲之

智永

賀知章

孫過庭

懷素

毅

褚遂良

蔡襄

趙佶

鮮于樞

毅

虞世南

孫過庭

王鐸

## 毋部

母

母

王羲之

智永

賀知章

孫過庭

懷素

趙佶

每 毒 比

每
鮮于樞
張弼
祝允明
王羲之
王獻之
智永
毒
褚遂良
懷素
孫過庭
高閑
蔡襄
蘇軾
王羲之
趙構
董其昌
王鐸
比部
比
張芝
王羲之
孫過庭
懷素
米芾
趙佶
鮮于樞
宋克
沈粲
毛部

## 毛

歐陽詢

懷素

高閑

趙佶

沈粲

詹景鳳

## 毫

懷素

鮮于樞

張弼

祝允明

張瑞圖

# 氏部

## 氏

黃庭堅

米芾

王守仁

陸淳

文徵明

## 民

王羲之

王獻之

智永

賀知章

孫過庭

懷素

趙佶

鮮于樞

陳淳

# 气部

氣氛

氛

王寵

張瑞圖

王鐸

氣

王羲之

王獻之

智永

孫過庭

懷素

黃庭堅

米芾

米芾

趙佶

氳氤

氤

董其昌

氳

董其昌

張瑞圖

# 水(氵)部

水

水

王羲之

智永

孫過庭

懷素

黃庭堅

趙佶

永

鮮于樞

張弼

祝允明

永

王羲之

王獻之

智永

冰

孫過庭

懷素

高閑

米芾

趙佶

趙孟頫

冰

汲沂　決　江　池　汝　求

宋克
王鐸
沂
懷素
汲
沈粲
查士標
文徵明
陳淳
張瑞圖
決
王羲之
黃庭堅
米芾
趙孟頫
張弼
祝允明
江
黃庭堅
米芾
祝允明
陳繼儒
池
王羲之
智永
孫過庭
懷素
趙佶
汝
王徽之
王慈
賀知章
顏真卿
黃庭堅
陳淳
歐陽詢
孫過庭
懷素
黃庭堅
米芾
趙孟頫
張弼
賀知章
孫過庭
懷素
宋克
沈曾植
求
王羲之

河 沛 沙沐 沖 没 沈 沉汪

歐陽詢
懷素
趙佶
鮮于樞
沈粲
張弼
河
孫過庭
懷素
米芾
趙佶
趙孟頫
詹景鳳
沛
沐
文天祥
趙孟頫
宋克
沙
王羲之
智永
顔真卿
宋克
張瑞圖
王鐸
查士標
沖
王羲之
趙佶
趙孟頫
張弼
陳淳
張瑞圖
没
孫過庭
趙孟頫
康里子山
祝允明
陳淳
沈
王羲之
歐陽詢
張之洞
汪
張瑞圖
何紹基
沉
智永
懷素

泉　況　沾　治　沿沽　沼沸

| | | | | | | |
|---|---|---|---|---|---|---|
| 懷素 | 陳淳 | 懷素 | 米芾 | 【沽】 | 鮮于樞 | 智永 |
| 黄庭堅 | 王鐸 | 黄庭堅 | 薛紹彭 | 蘇軾 | 【沸】 | 孫過庭 |
| 範成大 | 何紹基 | 趙佶 | 【治】 | 鮮于樞 | 鮮于樞 | 懷素 |
| 祝允明 | 【況】 | 趙孟頫 | 王羲之 | 何紹基 | 【沼】 | 李懷琳 |
| 【泉】 | 王羲之 | 沈粲 | 王獻之 | 【沿】 | 孫過庭 | 蔡襄 |
| 孫過庭 | 賀知章 | 【沾】 | 智永 | 王羲之 | 祝允明 | 米芾 |
| 懷素 | 孫過庭 | 索靖 | 賀知章 | 孫過庭 | 何紹基 | 趙佶 |

泯注 泥 泣 波 泛泊 法

| 泯注 | 泥 | 泣 | 波 | 泛泊 | | 法 |
|---|---|---|---|---|---|---|
| 陳淳 | 祝允明 | 趙孟頫 | 懷素 | 趙佶 | 智永 | 蔡襄 |
| 注 | 文徵明 | 祝允明 | 祝允明 | 泊 | 賀知章 | 蘇軾 |
| 孫過庭 | 泥 | 文徵明 | 波 | 趙構 | 懷素 | 王寵 |
| 王蒙 | 陸游 | 泣 | 王羲之 | 文徵明 | 孫過庭 | 陳淳 |
| 黃道周 | 康里子山 | 賀知章 | 孫過庭 | 王鐸 | 黃庭堅 | 張瑞圖 |
| 何紹基 | 祝允明 | 文天祥 | 黃庭堅 | 泛 | 米芾 | 法 |
| 泯 | 王守仁 | 宋克 | 薛紹彭 | 王徽之 | 薛紹彭 | 王羲之 |

洪洩　洞　洛洒　洗　洋泳　泰

洩
裴休
朱熹
王澍
洪
索靖
李世民
洞
孫過庭
懷素
趙佶
趙孟頫
張弼
祝允明
孫過庭
懷素
蔡襄
趙佶
鮮于樞
趙孟頫
陳淳
祝允明
張瑞圖
洒
趙構
婁堅
洛
王羲之
索靖
文徵明
翁方綱
洗
俞和
張雨
沈粲
陳淳
詹景鳳
泳
孫過庭
鮮于樞
陳淳
洋
李世民
文徵明
泰
王羲之
趙佶
張弼
祝允明

浮浦 浩 浪 流派 洲活 津

浦

祝允明

趙孟頫

王獻之

懷素

陳淳

懷素

王羲之

浩

程南雲

智永

祝允明

張瑞圖

趙佶

王獻之

米芾

浪

孫過庭

王鐸

鮮于樞

朱耷

米芾

陸居仁

懷素

懷素

活

派

沈粲

文徵明

祝允明

鮮于樞

黃庭堅

孫過庭

陸游

程南雲

王鐸

張弼

康里子山

趙構

陸游

張瑞圖

津

浮

陳淳

沈粲

鮮于樞

流

洲

沈粲

水部

浴　海　浸浹涇　消

智永
歐陽詢
懷素
黃庭堅
趙佶
趙孟頫
宋克
文徵明
浴
智永
歐陽詢
懷素
高閑
黃庭堅
趙佶
趙孟頫
康里子山
宋克
海
王羲之
王獻之
智永
賀知章
孫過庭
懷素
米芾
趙佶
鮮于樞
浸
範成大
梁同書
浹
孫過庭
何紹基
涇
智永
懷素
趙佶
鮮于樞
張孝祥
沈粲
張弼
消
張芝
杜預
孫過庭
蘇軾
祝允明
陸治

淑淀　涯　液　涼　涵涌　涉

智永
賀知章
歐陽詢
孫過庭
懷素
高閑
趙佶
淀
淑
朱熹
祝允明
陳淳
趙構
文徵明
涯
李世民
文徵明
王鐸
王獻之
孫過庭
米芾
液
高閑
米芾
趙佶
趙孟頫
宋克
王獻之
涼
文徵明
張瑞圖
王羲之
智永
孫過庭
懷素
涌
涵
懷素
祝允明
張瑞圖
何紹基
孫過庭
涉
王羲之
孫過庭
蘇軾
趙構
宋克
陳淳

混　深淪　浄　淚　淡　淹　淒

褚遂良
懷素
蔡襄
黄庭堅
米芾
趙佶

**混**

**淪**

孫過庭
王寵

**深**

王羲之
賀知章
孫過庭

陳淳
王鐸

**浄**

蘇軾
康里子山
祝允明
張瑞圖

趙孟頫
宋克
詹景鳳

**淚**

懷素
蘇軾
祝允明

**淡**

王羲之
智永
懷素
米芾
趙佶
鮮于樞

吳昌碩

**淹**

王獻之
孫過庭
李懷琳
解縉
宋璲

趙孟頫
沈粲

**淒**

孫過庭
鮮于樞
趙孟頫
沈粲

渚渙　淵　淺添　清　淳　淮

陳　淳
渙
孫過庭
王　寵
渚
薛紹彭
祝允明
賀知章
孫過庭
蘇　軾
趙　佶
鮮于樞
趙孟頫
宋　克
王羲之
孫過庭
懷　素
陳　淳
王　鐸
淵
智　永
黄庭堅
趙　佶
鮮于樞
添
王羲之
範成大
淺
清
王羲之
智　永
孫過庭
懷　素
顔真卿
蔡　襄
吴昌碩
淳
孫過庭
陸　游
文天祥
宋　克
王守仁
王羲之
文徵明
淮
懷　素
米　芾
鮮于樞
張瑞圖

水部

游　渭　温　渡　渠渝　減

游
蔡襄
黃庭堅
米芾
陸游
康里子山
宋克
孫過庭
懷素
趙佶
鮮于樞
趙孟頫
沈粲
詹景鳳
趙佶
鮮于樞
程南雲
詹景鳳
渭
智永
歐陽詢
陸游
張瑞圖
温
王羲之
智永
孫過庭
懷素
朱熹
趙孟頫
宋克
張弼
渡
蘇軾
黃庭堅
渝
孫過庭
李東陽
渠
智永
懷素
趙佶
王守仁
張瑞圖
減
王獻之
懷素
趙孟頫
王鐸

# 湯溪　渾　渺　湘　湖渴　測

**湯**

懷素　李懷琳　黃庭堅　趙佶　趙構　鮮于樞　沈粲

何紹基

**溪**

鮮于樞　張瑞圖

**湯**

智永　孫過庭

陳淳　周天球

**渾**

索靖　王羲之　祝允明　王守仁

康里子山　祝允明　文徵明　董其昌

**渺**

蘇軾　祝允明

朱熹　鮮于樞　祝允明　文徵明　王鐸

**湘**

薛紹彭

**渴**

索靖　蘇舜欽

**湖**

王獻之　蔡襄　蘇軾

董其昌　張瑞圖

**測**

王羲之　孫過庭　張瑞圖　王鐸

**湛**

趙佶 董其昌 何紹基 吳昌碩

**源**

李世民 孫過庭 米芾 王鐸

**溝**

李懷琳 朱熹 鮮于樞 吳寬 王鐸

**溟**

張弼 王守仁 王寵

**溢**

賀知章 懷素 宋克

**滌**

鮮于樞 陳淳

**滋**

孫過庭 趙構 文徵明

**溪**

孫過庭 懷素 黃庭堅 米芾 趙佶 鮮于樞 趙孟頫 張弼

**滅**

智永 歐陽詢 賀知章 懷素 蘇軾 趙佶 張弼 詹景鳳

漂 漁 滿 滯 滕 滄 滑溺溥

| 漂 | 漁 | 滿 | 滯 | 滕 | 滄 | 滑溺溥 |
|---|---|---|---|---|---|---|
| 陸居仁 | 米芾 | 李東陽 | 滯 | 祝允明 | 範成大 | 溥 |
| 祝允明 | 趙佶 | 滿 | 王羲之 | 文徵明 | 沈粲 | 孫過庭 |
| 漂 | 鮮于樞 | 智永 | 王獻之 | 張瑞圖 | 王鐸 | 溺 |
| 張芝 | 董其昌 | 賀知章 | 孫過庭 | 王鐸 | 滄 | 孫過庭 |
| 孫過庭 | 漁 | 孫過庭 | 柳公權 | 滕 | 康里子山 | 蘇軾 |
| 沈粲 | 薛紹彭 | 懷素 | 懷素 | 王羲之 | 陸居仁 | 趙構 |
| 祝允明 | 鮮于樞 | 蘇軾 | 趙孟頫 | 韓道亨 | 宋克 | 滑 |

漏

陸游

宋克

文徵明

張瑞圖

漑

趙構

吳寬

漆

智永

歐陽詢

孫過庭

懷素

趙佶

沈粲

張弼

漠

智永

孫過庭

懷素

趙佶

趙孟頫

沈粲

李東陽

漳

王羲之

祝允明

漢

王羲之

王獻之

智永

歐陽詢

懷素

黃庭堅

趙佶

鮮于樞

沈粲

漸

王羲之

王獻之

蘇軾

米芾

鮮于樞

王寵

王鐸

漾

文徵明

何紹基

漿

潑 漫 潘 潭澗 澄 潔

趙孟頫
張瑞圖
王鐸
何紹基
潑
黃庭堅
王鐸
吳昌碩
漫
李懷琳
黃庭堅
王守仁
文徵明
陳淳
董其昌
潘
王羲之
褚遂良
趙孟頫
宋克
包世臣
潭
黃庭堅
鮮于樞
康里子山
解禎期
文徵明
澗
王獻之
文徵明
祝允明
陳淳
王寵
澄
智永
孫過庭
懷素
趙佶
鮮于樞
趙孟頫
沈粲
潔
智永
孫過庭
懷素
高閑
米芾
趙佶
沈粲


水部

激 澮 澤 潛 潺潮 润 潰潦

懷素
董其昌
張瑞圖
王鐸
激
懷素
孫過庭
李懷琳
趙孟頫
宋克
陳淳
董其昌
澮
孫過庭
朱熹
鮮于樞
趙孟頫
祝允明
澤
索靖
李世民
鮮于樞
潛
王羲之
智永
懷素
孫過庭
趙佶
王鐸
潮
陳淳
張瑞圖
王鐸
潺
蘇軾
米芾
宋克
潤
孫過庭
米芾
趙構
沈粲
陳淳
潦
李懷琳
文徵明
黄汝亨
潰
王獻之

濱濯 濤 濫 濕 濟濬 濁 濃

濯
索靖
楊維楨
康里子山
王鐸

濱
孫過庭

王鐸

濤
柳公權
蘇軾
陸居仁
鄧石如
吳昌碩

趙孟頫
王守仁
王鐸
何紹基

濫
孫過庭
徐泰

懷素
黃庭堅
趙佶
鮮于樞
趙孟頫

濕
王羲之

宋克

濬
孫過庭

濟
王羲之
歐陽詢
孫過庭

張弼
祝允明
文彭
王鐸

濁
米芾
康里子山

陸游
趙孟頫
王寵
張瑞圖

濃
孫過庭
宋克

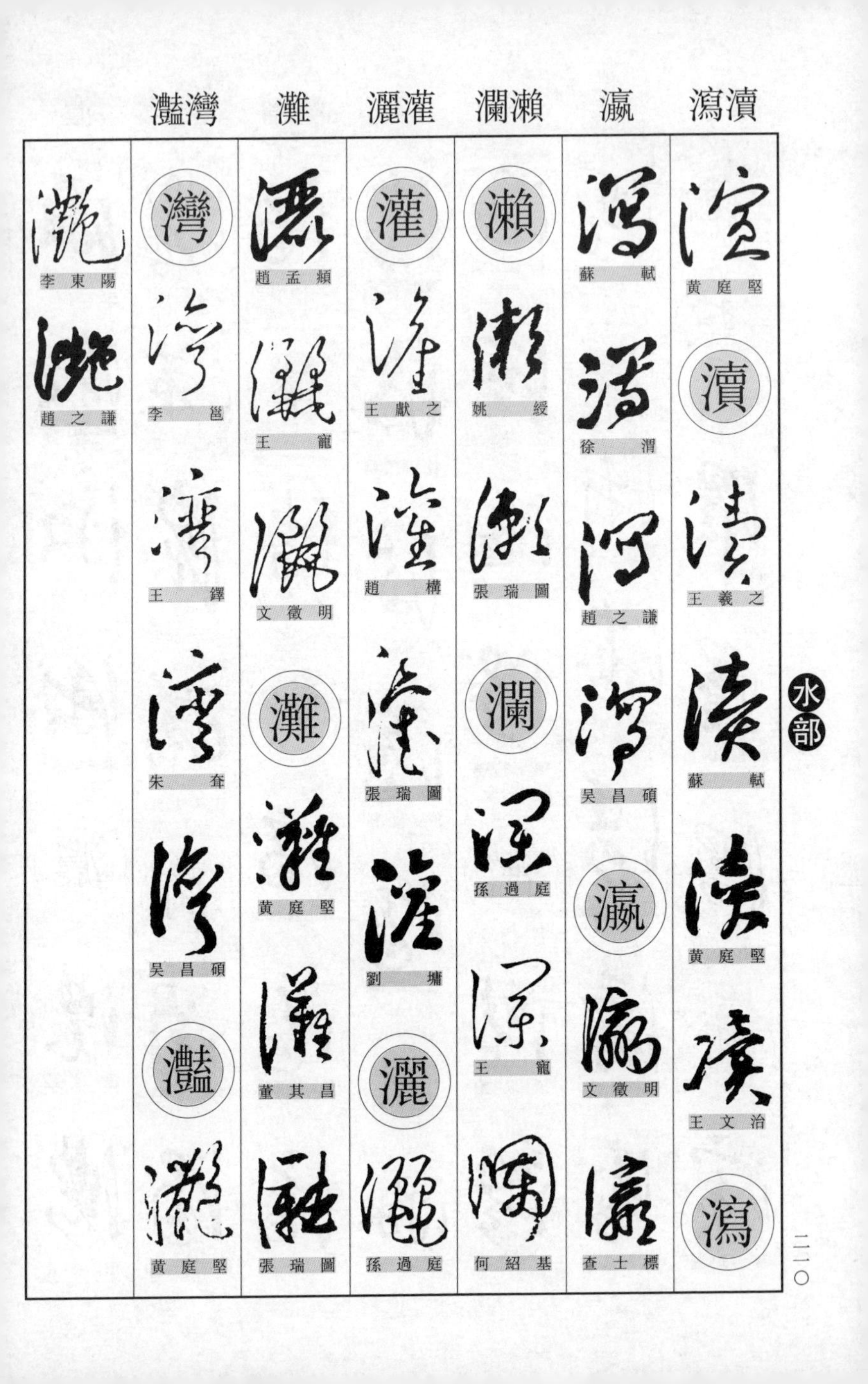

瀉瀆 瀛 瀾瀨 灑灌 灘 灩灣

黃庭堅

瀆

王羲之

蘇軾

黃庭堅

王文治

瀉

蘇軾

徐渭

趙之謙

吳昌碩

瀛

文徵明

查士標

瀨

姚綬

張瑞圖

瀾

孫過庭

王寵

何紹基

灌

王獻之

趙構

張瑞圖

劉墉

灑

孫過庭

趙孟頫

王寵

文徵明

灘

黃庭堅

董其昌

張瑞圖

灣

李邕

王鐸

朱耷

吳昌碩

灩

黃庭堅

李東陽

趙之謙

# 火（灬）部

**火**
孫過庭
趙佶
鮮于樞
趙孟頫
張弼
王守仁
詹景鳳

**灰**
蘇軾
宋克
王寵
董其昌

**灸**
王羲之
王鐸

**災**
王羲之
賀知章
趙構
董其昌

**炎**
王羲之
孫過庭
董其昌

**炭**
趙孟頫
宋克
張瑞圖

**炙**
趙孟頫
宋克
祝允明

**炮**
宋克
祝允明

**炳**
張瑞圖
何紹基

**烈**
孫過庭
趙構

焉烝烽烟烏
無烹焉烽烝烟烏焦

烏：趙孟頫　徐渭　詹景鳳　烏　祝允明　王寵　張瑞圖

烟：吳昌碩　烟　懷素　鮮于樞　薛紹彭　董其昌　王鐸

烝：烝　王導　宋克

烽：烽　張弼　張瑞圖

焉：焉　智永　懷素　孫過庭　高閑　趙佶　趙孟頫　張弼

烹：詹景鳳　烹　懷素　高閑　趙佶　趙孟頫　張弼

無：祝允明　王鐸　無　王羲之　王獻之　智永　賀知章　懷素　孫過庭　蘇軾　黃庭堅　米芾

焦：焦　楊凝式

火部

焕 煒 熙 煌 煎 然 焚 煑

趙佶 趙孟頫 沈粲 陳淳 索靖 康里子山
王鐸 蔣仁 歐陽詢 孫過庭 懷素 高閑
沈粲 張弼 詹景鳳 索靖 王羲之 韓道亨
文徵明 智永 懷素 高閑 趙佶 趙孟頫
黄庭堅 米芾 鮮于樞 趙構 朱敦儒 宋克
王羲之 李世民 孫過庭 懷素 蔡襄 蘇軾
米芾 趙構 陳淳 文徵明 王鐸

熹 熱 熟 煬 煩 照煙

熹：懷素　高閑　蔡襄　米芾　趙佶　趙孟頫

熱：趙孟頫　沈粲　陳淳

熱：王羲之　智永　孫過庭

熟：智永　歐陽詢　孫過庭　懷素　蘇軾　趙佶

煬：黄庭堅　米芾　趙佶　趙孟頫　沈粲

煬：懷素

煩：趙孟頫　宋克

煩：智永　歐陽詢　孫過庭　懷素

照：智永　歐陽詢　孫過庭　懷素　高閑　黄庭堅　趙佶

照：王寵

煙：王羲之　張旭　裴休　王鐸

燭　燥燦　營　燕燒　燈

燭：孫過庭　何紹基　燭　智永　歐陽詢　孫過庭　懷素

燥燦：祝允明　陳淳　燦　祝允明　吳昌碩　燥　王獻之

營：智永　歐陽詢　懷素　孫過庭　趙佶　鮮于樞　趙孟頫

營：趙構　趙孟頫　陸居仁　文徵明　陳淳　王鐸　營

燕燒：燒　徐渭　吳昌碩　燕　王羲之　懷素　黃庭堅

燈：陸游　鮮于樞　趙孟頫　文徵明　徐渭　張瑞圖　王鐸

燈：王羲之　王獻之　朱熹　趙孟頫　燈　蔡襄　蘇軾

爐

高閑

趙佶

張弼

陳淳

爐

懷素

鮮于樞

爛

祝允明

王寵

張瑞圖

爛

趙構

祝允明

文彭

爨

張瑞圖

傅山

爨

孫過庭

## 爪(爫)部

争

争

索靖

賀知章

孫過庭

黃庭堅

鮮于樞

祝允明

爰

陳淳

爰

王羲之

趙孟頫

宋克

爲

爲

王羲之

王獻之

賀知章

懷素

顏真卿

孫過庭

蘇軾

黃庭堅

米芾

爵

索靖

智永

歐陽詢

孫過庭

懷素

趙佶

鮮于樞

趙孟頫

宋克

# 父部

父

索靖

賀知章

孫過庭

懷素

趙佶

鮮于樞

康里子山

張弼

陳淳

# 爻部

爽

王羲之

懷素

黄庭堅

祝允明

王鐸

爾

爾
裴休
陳淳

爿部

牀
陸游
趙孟頫
沈粲
張弼
祝允明
文徵明
陳淳
詹景鳳

片部

片
宋克
祝允明
文徵明
張瑞圖
王鐸

版
裴休
王鐸

牋
智永
懷素
高閑
趙佶

## 牒

趙孟頫　沈粲　張弼　牒　智永　孫過庭　懷素

高閑　吳琚　趙孟頫　張弼　陳淳　詹景鳳

## 牙部

## 牙

懷素　趙孟頫　宋克　董其昌

## 牛（牜）部

## 牛

孫過庭　趙孟頫　祝允明　陳淳

## 牧

智永

孫過庭　懷素　楊凝式　趙佶　鮮于樞　張弼　祝允明

犢犀 犁 牽 特 牲 物

物

詹景鳳

物

王羲之

孫過庭

懷素

蔡襄

蘇軾

牲

米芾

杜衍

鮮于樞

趙孟頫

牲

賀知章

宋克

特

特

智永

歐陽詢

孫過庭

懷素

高閑

蔡襄

蘇軾

黄庭堅

趙佶

牽

牽

王獻之

米芾

康里子山

犁

趙孟頫

陳淳

張瑞圖

犁

趙孟頫

宋克

陳淳

犀

王鐸

姜宸英

犀

蔡襄

宋克

犢

犢

智永

孫過庭

懷素

高閑

趙佶

陸游

趙孟頫

沈粲

狼狸　狡　狐狂　狀　犯犬

陳淳
犬（犭）部
犬
文徵明
王羲之
犯
顏真卿
孫過庭
趙孟頫
祝允明
狀
孫過庭
米芾
趙孟頫
康里子山
張瑞圖
王鐸
狂
懷素
文徵明
王寵
王鐸
狐
孫過庭
趙孟頫
宋克
狡
趙孟頫
宋克
祝允明
狸
范成大
趙孟頫
王鐸
狼
王羲之
孫過庭

獄 猿 猷 猶猱 猛猜 狹

鮮于樞 趙孟頫 宋克 祝允明 王守仁

狹

王獻之

張瑞圖 趙之謙

猜

陳淳 張瑞圖

猛

趙孟頫

陳鴻壽 何紹基

猱

祝允明 王鐸

猶

王羲之

王獻之 智永 孫過庭 懷素 蔡襄 蘇軾 趙佶

鮮于樞

猷

懷素 趙佶 趙孟頫 鮮于樞 沈粲

張弼

猿

懷素 蘇軾 鮮于樞 俞和 祝允明

陳淳 王鐸

獄

王羲之 趙孟頫 宋克 何紹基

獨 獲 獵 獸 獻

獨
王羲之
智永
懷素
孫過庭
高閑
蔡襄
蘇軾
黃庭堅
米芾
獲
王羲之
智永
歐陽詢
孫過庭
李懷琳
懷素
高閑
米芾
趙佶
獵
趙孟頫
文徵明
王寵
王鐸
獸
智永
孫過庭
懷素
趙佶
鮮于樞
趙孟頫
沈粲
祝允明
獻
王羲之
王獻之
孫過庭
蘇軾
黃庭堅
陸居仁
宋克
王守仁
王鐸

玄 率 玉 王

# 玄部

玄
王羲之
王獻之
智永
孫過庭
懷素
蘇軾
趙孟頫
沈粲
張弼
率
智永
孫過庭
懷素
黃庭堅
趙佶
範成大
鮮于樞
趙孟頫
張弼
玉(王)部
玉
智永
懷素
孫過庭
蔡襄
蘇軾
黃庭堅
米芾
薛紹彭
趙佶
王
王獻之
王獻之
賀知章

理琊琅　琉　球珮　班　珠　珍

琅
陸居仁
宋克
鮮于樞
鮮于樞
智永
懷素
王守仁
周天球
文彭
趙孟頫
趙孟頫
歐陽詢
蔡襄
王寵
王鐸
王守仁
宋克
珠
懷素
黃庭堅
琊
琉
王鐸
張弼
智永
蔡襄
米芾
王寵
李東陽
珮
班
孫過庭
米芾
趙佶
張瑞圖
張瑞圖
趙構
孫過庭
懷素
趙佶
趙構
理
王鐸
球
懷素
趙佶
杜衍
珍

瑤 瑣 瑗 瑟瑞 琶 琴

| 瑤 | 瑣 | 瑗 | 瑟瑞 | 琶 | 琴 | |
|---|---|---|---|---|---|---|
| 何紹基 | 懷素 | 孫過庭 | 【瑞】 | 孫過庭 | 黃庭堅 | 張芝 |
| 【瑤】 | 張瑞圖 | 懷素 | 懷素 | 高閑 | 米芾 | 王羲之 |
| 懷素 | 【瑣】 | 趙佶 | 文徵明 | 趙佶 | 【琴】 | 王獻之 |
| 趙構 | 孫過庭 | 鮮于樞 | 張瑞圖 | 趙孟頫 | 智永 | 歐陽詢 |
| 趙孟頫 | 祝允明 | 宋克 | 【瑟】 | 沈粲 | 歐陽詢 | 孫過庭 |
| 文徵明 | 徐渭 | 沈粲 | 智永 | 【琶】 | 李懷琳 | 蔡襄 |
| 王寵 | 張瑞圖 | 【瑗】 | 歐陽詢 | 裴休 | 懷素 | 蘇軾 |

璽 環 瑲 璧璞 璣 璇瑾 瑰瑩

趙孟頫

宋克

文徵明

陳淳

璽

王鐸

吳昌碩

倪元璐

張瑞圖

環

智永

蔣善進

趙佶

楊萬里

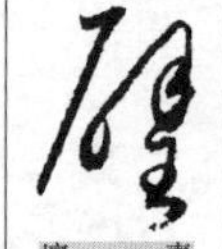
懷素

黃庭堅

趙佶

鮮于樞

趙孟頫

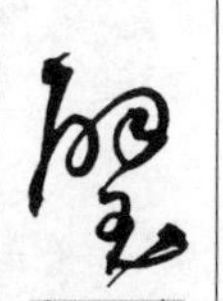
沈粲

瑲

張弼

詹景鳳

璞

王守仁

璧

智永

孫過庭

璣

智永

歐陽詢

懷素

高閑

趙佶

鮮于樞

黃道周

瑾

裴休

蘇軾

璇

張弼

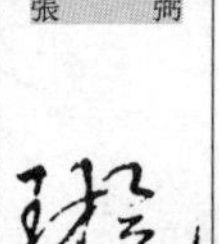
詹景鳳

張瑞圖

瑩

趙孟頫

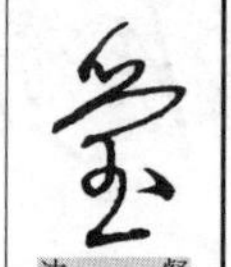
沈粲

董其昌

瑰

宋克

瓊

蔡襄

蘇軾

黃庭堅

趙構

張瑞圖

瓏

宋克

文徵明

王寵

張瑞圖

梁同書

瓜部

瓜

裴休

何紹基

吳昌碩

瓢

陳繼儒

周天球

吳昌碩

瓦部

瓦

裴休

蔡襄

文徵明

祝允明

張瑞圖

瓮

甌甎

趙構

甎

裴休

何紹基

甌

蔡襄

蘇軾

趙孟頫

陸居仁

宋克

何紹基

# 甘部

甘

王獻之

懷素

趙佶

鮮于樞

趙孟頫

沈粲

張弼

甚

王羲之

智永

孫過庭

懷素

鮮于樞

宋克

沈粲

張弼

# 生部

生　產　用　甫

生

賀知章

蘇軾

黃庭堅

米芾

陸游

趙孟頫

宋克

周天球

產

王凝之

趙孟頫

宋克

祝允明

# 用部

用

王獻之

智永

賀知章

孫過庭

懷素

米芾

趙佶

沈粲

張弼

甫

賀知章

趙構

文天祥

趙孟頫

饒介

王守仁

# 田部

田　甲由　申　男　界　畏

田
智永
歐陽詢
孫過庭
懷素
趙佶
趙孟頫
倉景鳳
由
王羲之
賀知章
孫過庭
米芾
甲
智永
歐陽詢
孫過庭
趙佶
鮮于樞
沈粲
倉景鳳
申
杜預
孫過庭
米芾
趙構
朱熹
陳淳
男
智永
賀知章
李懷琳
懷素
趙佶
鮮于樞
趙孟頫
張弼
界
王羲之
懷素
吳鎮
莫是龍
徐渭
畏
智永
孫過庭
懷素
高閑
黃庭堅

畫 略 畢畔 畝 留

畫
王羲之
王獻之
智永
歐陽詢
孫過庭
懷素
孫過庭
蔡襄
蘇軾
黃庭堅
薛紹彭
範成大
王守仁
王羲之
李懷琳
趙孟頫
宋克
略
王羲之
李世民
沈粲
畔
薛紹彭
趙構
宋克
文徵明
畢
王羲之
智永
懷素
蘇軾
趙佶
趙孟頫
宋克
黃庭堅
米芾
趙構
趙孟頫
宋克
李東陽
畝
趙佶
趙孟頫
張弼
留
王獻之
孫過庭
蔡襄

番　異　當　疇疆　疊

蘇軾
鮮于樞
張弼
番
鮮于樞
宋克
張弼

黃道周
異
王羲之
王羲之
智永
孫過庭
懷素

高閑
蘇軾
米芾
趙佶
當
王羲之
王獻之

智永
孫過庭
懷素
顏真卿
蔡襄
黃庭堅
趙佶

疆
趙孟頫
宋克
黃汝亨
疇
趙孟頫
孫過庭

張瑞圖
疊
楊維楨
王寵
董其昌

# 疋（⺪）部

疏 疎 疑 疲疢 疵

疏
王羲之
王獻之
智永
歐陽詢
沈粲
張弼

疎
王羲之
王獻之
懷素
孫過庭
蔡襄
趙佶
張瑞圖
王鐸

疑
王羲之
智永
孫過庭
懷素
趙佶
鮮于樞
趙孟頫
詹景鳳

## 疒部

疢
蘇洵
趙之謙

疲
王羲之
智永
孫過庭
懷素
趙佶
鮮于樞
沈粲

疵
李懷琳
文徵明

| 疾 | 病 | 痛痕 | 瘦痹 | 療 | 癖瘴 | 癰癡 |
|---|---|---|---|---|---|---|
| 疾 | 宋克 | 趙構 | 趙構 | 王獻之 | 瘴 | 癡 |
| 王羲之 | 病 | 王鐸 | 朱熹 | 懷素 | 祝允明 | 趙孟頫 |
| 孫過庭 | 張芝 | 痕 | 王鐸 | 康里子山 | 王寵 | 祝允明 |
| 懷素 | 王羲之 | 米芾 | 痹 | 吳寬 | 癖 | 王鐸 |
| 蔡襄 | 王獻之 | 周天球 | 王羲之 | 王寵 | 趙孟頫 | 癰 |
| 米芾 | 賀知章 | 痛 | 李懷琳 | 療 | 董其昌 | 王羲之 |
| 趙構 | 李懷琳 | 蔡襄 | 瘦 | 王獻之 | 張瑞圖 | 宋克 |

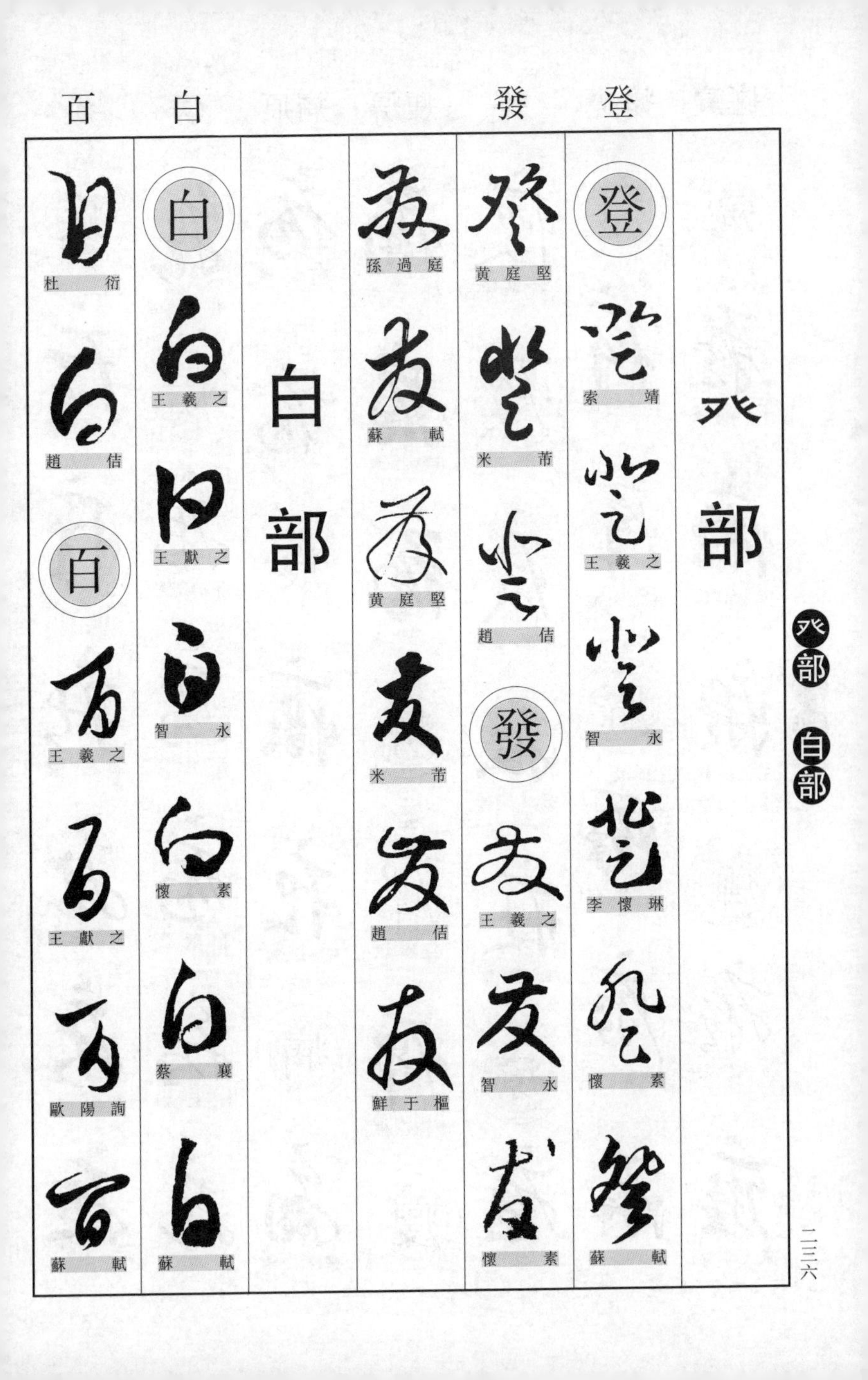

# 癶部

登

索靖

王羲之

智永

李懷琳

懷素

蘇軾

黃庭堅

米芾

趙佶

發

王羲之

智永

懷素

孫過庭

蘇軾

黃庭堅

米芾

趙佶

鮮于樞

# 白部

白

王羲之

王獻之

智永

懷素

蔡襄

蘇軾

杜衍

趙佶

百

王羲之

王獻之

歐陽詢

蘇軾

皓 皎 皋 皇 皆 的

的 黃庭堅 文天祥 智永 孫過庭 懷素 蘇軾
皆 趙佶 趙孟頫 沈粲 智永 王羲之 懷素
皇 高閑 蔡襄 蘇軾 黃庭堅 杜衍 索靖
皋 王羲之 孫過庭 懷素 米芾 趙孟頫 索靖
皎 懷素 吳説 沈粲 張弼 祝允明 陳淳
皓 徐渭 趙構 康里子山 宋克 祝允明
皮部

## 皮

李白

趙孟頫

溥光

宋克

## 皿部

## 盆

李建中

宋克

## 盂

蘇軾

鮮于樞

## 盈

智永

李懷琳

懷素

蘇軾

趙佶

鮮于樞

趙孟頫

沈粲

## 益

王羲之

王獻之

智永

懷素

鮮于樞

趙孟頫

祝允明

詹景鳳

## 盛

索靖

王羲之

智永

懷素

蔡襄

米芾

趙佶

鮮于樞

趙孟頫

## 盜

盧 盤 監 盡 盟盞

| 盧 | 盤 | 監 | 盡 | 盡 | 盞 | 盟 |
|---|---|---|---|---|---|---|
| 文徵明 | 盤 | 鮮于樞 | 王羲之 | 智永 | 祝允明 | 智永 |
| 王鐸 | 孫過庭 | 趙孟頫 | 智永 | 孫過庭 | 盞 | 孫過庭 |
| 盧 | 懷素 | 監 | 孫過庭 | 懷素 | 趙孟頫 | 懷素 |
| 懷素 | 趙佶 | 王獻之 | 懷素 | 趙佶 | 祝允明 | 高閑 |
| 張瑞圖 | 吴鎮 | 懷素 | 蘇軾 | 趙孟頫 | 周天球 | 蔣善進 |
| 宋克 | 張弼 | 張弼 | 米芾 | 詹景鳳 | 張瑞圖 | 趙佶 |
| 王鐸 | 祝允明 | 李東陽 | 趙佶 | 盡 | 盟 | 趙孟頫 |

# 目（四）部

## 目

王羲之 智永 孫過庭 懷素 米芾 趙佶 趙孟頫 祝允明

## 直

王羲之 智永 孫過庭 懷素 蔡襄 米芾 趙佶 趙孟頫 宋克

## 相

智永 孫過庭 懷素 蔡襄 蘇軾 黃庭堅 米芾 趙佶 俞和

## 省

王羲之 王獻之 智永 懷素 趙佶 趙孟頫 張弼

## 盾

趙孟頫 宋克

## 眇

王羲之

眷　眺　眠　真眩　看　眉

懷素　高閑　蔣善進　趙孟頫　沈粲　祝允明

【眷】

高閑　蔣善進　蔡襄　黄庭堅　趙佶

【眺】

智永　米芾　趙佶

【眠】

王獻之　智永　孫過庭　懷素

王羲之　智永　孫過庭　懷素　李懷琳　蘇軾　黄庭堅

薛紹彭　吴寬　詹景鳳

【眩】

徐渭　沈曾植

【真】

張瑞圖　王鐸

【看】

王羲之　李世民　懷素　黄庭堅

祝允明　王守仁

【眉】

王羲之　陸居仁　王守仁　董其昌

瞬睿 睦 睨 督 睡 眾 眼

瞬：張弼

睿：晉元帝　韓道亨

瞬：趙孟頫　祝允明

睦：智永　賀知章　懷素　趙佶　鮮于樞　趙孟頫

睨：桓温　文徵明　張瑞圖　何紹基

睨：黄庭堅　董其昌

督：黄庭堅　祝允明　文徵明　徐渭　張瑞圖

督：王羲之

睡：孫過庭　黄庭堅　米芾　趙構　康里子山　宋克

睡：黄庭堅　趙孟頫　祝允明　陳淳

眾：王獻之　賀知章

眼：王羲之　趙構　王鐸　吴讓之

眼：懷素　蔡襄

瞻瞭 瞿 矜矛

瞭

文徵明

周天球

瞭

趙佶

瞻

王羲之

智永

孫過庭

懷素

高閑

蔡襄

趙佶

趙孟頫

張弼

瞿

懷素

黃庭堅

李東陽

徐渭

# 矛部

矛

祝允明

王鐸

矜

智永

孫過庭

懷素

高閑

蔣善進

趙佶

趙孟頫

沈粲

張弼

# 矢部

矯 短 矩 知 矣 矢

矢
智永
孫過庭
高閑
趙佶
趙孟頫
宋克
祝允明
詹景鳳
矣
王羲之
賀知章
孫過庭
蘇軾
黄庭堅
米芾
薛紹彭
知
王羲之
王獻之
李世民
賀知章
孫過庭
懷素
蘇軾
黄庭堅
米芾
矩
智永
孫過庭
高閑
蔣善進
黄庭堅
趙佶
趙孟頫
張弼
詹景鳳
短
智永
李懷琳
懷素
米芾
趙佶
鮮于樞
趙孟頫
祝允明
詹景鳳
矯
智永

歐陽詢
孫過庭
懷素
高閑
蔣善進
蘇軾
趙佶
趙孟頫
石部
石
王羲之
智永
歐陽詢
孫過庭
懷素
蘇軾
趙佶
趙孟頫
張弼
砧
懷素
李東陽
破
蘇軾
黃庭堅
趙孟頫
溥光
宋克
祝允明
研
智永
孫過庭
懷素
蔡襄
黃庭堅
米芾
趙佶

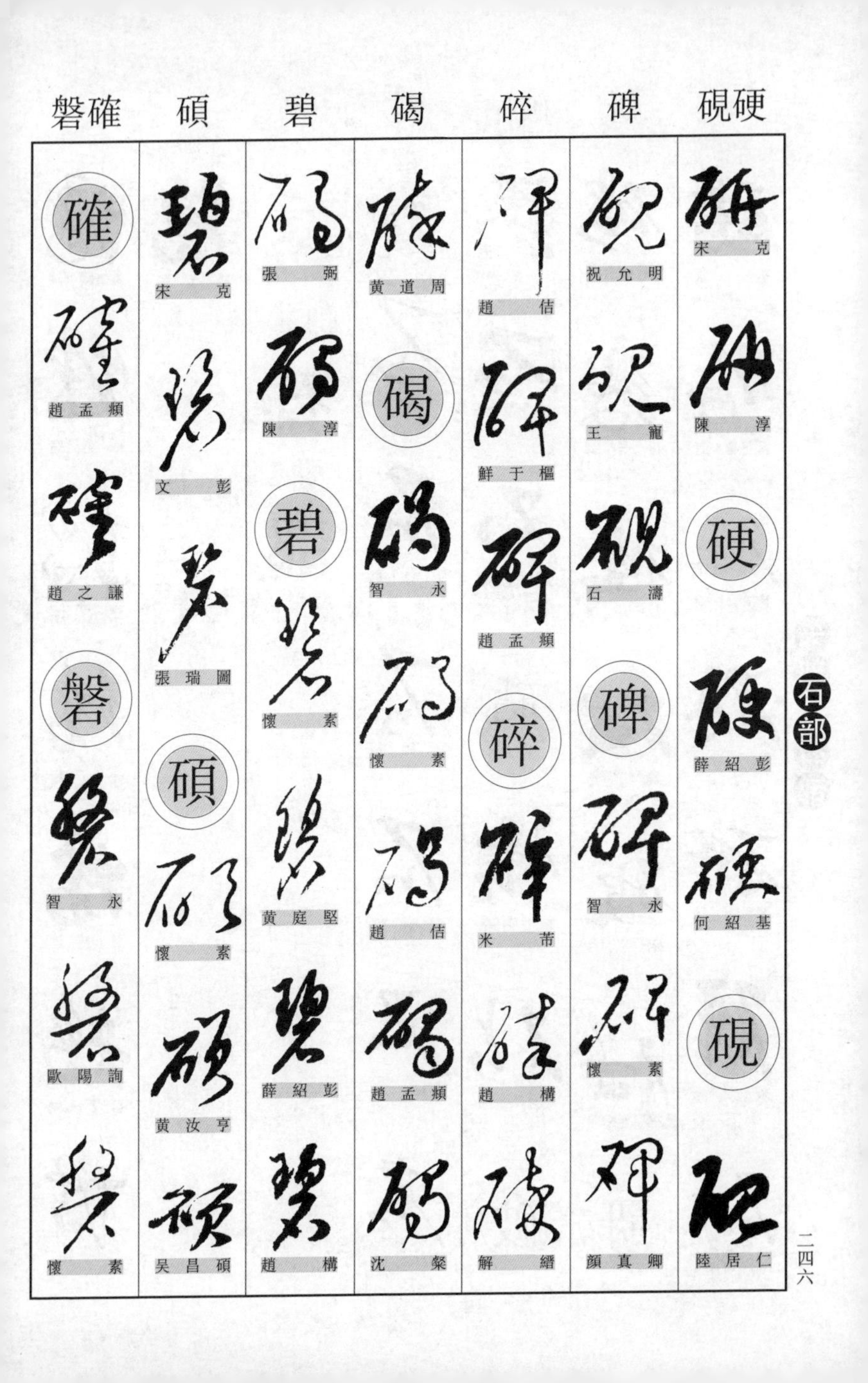

確
趙孟頫
趙之謙

磐
智永
歐陽詢
懷素

宋克
文彭
張瑞圖

碩
懷素
黃汝亨
吴昌碩

張弼
陳淳

碧
懷素
黄庭堅
薛紹彭
趙構

黄道周

碣
智永
懷素
趙佶
趙孟頫
沈粲

趙佶
鮮于樞
趙孟頫

碎
米芾
趙構
解縉

祝允明
王寵
石濤

碑
智永
懷素
顔真卿

宋克
陳淳

硬
薛紹彭
何紹基

硯
陸居仁

石部

磨
趙構
鮮于樞
趙孟頫
陳淳
磨
智永
孫過庭
懷素
趙佶
趙構
鮮于樞
趙孟頫
沈粲
磬
趙孟頫
王鐸
磯
陸游
祝允明
文徵明
張瑞圖
王鐸
磴
米芾
王寵
磻
智永
歐陽詢
孫過庭
懷素
趙佶
鮮于樞
趙孟頫
沈粲
陳淳
礙
米芾
文徵明
婁堅
礱
康里子山
王士禛

# 示（礻）部

示　祀社　祐　祜　祕祚　祖

示
王羲之
賀知章
孫過庭
蔡襄
黃庭堅
米芾
文天祥
王鐸
社
賀知章
宋克
文徵明
祀
智永
賀知章
孫過庭
懷素
趙佶
趙孟頫
沈粲
陳淳
祐
孫過庭
懷素
高閑
趙佶
張弼
陳淳
祜
智永
歐陽詢
蔣善進
趙孟頫
祝允明
徐渭
祚
衛瓘
索靖
張瑞圖
祕
懷素
孫過庭
蘇軾
文徵明
祖
王羲之
王獻之
賀知章

祭祥 祠 神 祝 祇

祥
祠
祭
神
祝
祇
賀知章
歐陽詢
孫過庭
懷素
蔣善進
趙佶
趙孟頫
懷素
文天祥
張瑞圖
吳昌碩
智永
王獻之
蔡襄
黃庭堅
李東陽
文徵明
何紹基
賀知章
孫過庭
懷素
楊凝式
蔡襄
蘇軾
趙佶
李懷琳
吳説
董其昌
王穉登
王羲之
智永
歐陽詢
懷素
趙佶
趙孟頫
張弼
祝允明
黃庭堅
米芾
趙孟頫
溥光
王鐸
智永

祿票 禁 禍 福 禦 禪

宋克
票
趙構
王文治
祿
王羲之
智永
歐陽詢
賀知章
懷素
孫過庭
米芾
趙佶
陸游
禁
賀知章
懷素
蔡襄
祝允明
文徵明
張瑞圖
禍
王羲之
智永
孫過庭
懷素
顏真卿
趙佶
鮮于樞
宋克
福
王羲之
智永
懷素
趙佶
鮮于樞
趙孟頫
沈粲
祝允明
董其昌
禦
米芾
文徵明
禪
智永
懷素
孫過庭
黄庭堅
米芾

禮

趙佶　陸游　趙孟頫　張弼

禮

王羲之　智永

賀知章　懷素　李懷琳　孫過庭　黃庭堅　米芾　趙佶

禱

懷素　蘇軾　鄧文原　宋克　劉墉

## 内部

禹

智永　歐陽詢　李懷琳　懷素　趙佶　趙孟頫

張弼　陳淳　詹景鳳

禽

索靖　智永　孫過庭

李懷琳　懷素　趙佶　鮮于樞　趙孟頫　張弼

# 禾部

## 禾

祝允明

祝允明

吳昌碩

## 秀

王羲之

王獻之

趙孟頫

祝允明

張瑞圖

丁敬

## 私

王羲之

孫過庭

黃庭堅

宋克

## 秉

智永

孫過庭

趙佶

趙孟頫

宋克

張弼

詹景鳳

## 秋

王羲之

智永

懷素

孫過庭

米芾

趙佶

鮮于樞

沈粲

王守仁

## 科

趙孟頫

婁堅

## 秦

王羲之

智永

孫過庭

懷素

黃庭堅

稚　稟　稍程　税　稀　移

趙佶　鮮于樞　宋克　張弼

移

智永　賀知章

懷素　趙佶　趙孟頫　沈粲　陳淳

稀

王獻之

範成大　陸游　吳寬　祝允明　陳淳　王鐸

税

智永　懷素　趙佶　趙孟頫　宋克　沈粲　陳淳

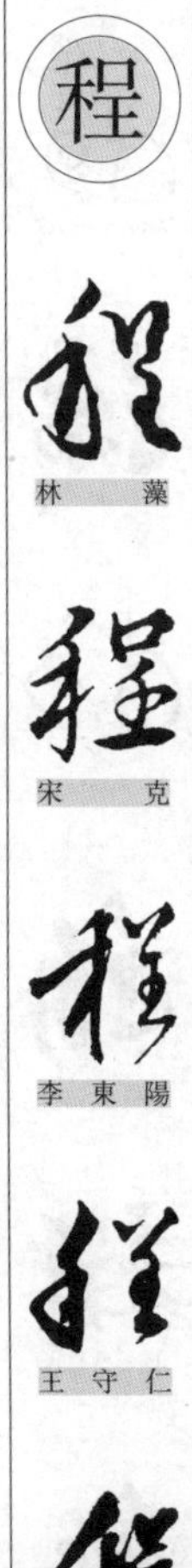

程

林藻　宋克　李東陽　王守仁　張瑞圖

稍

索靖　王羲之　米芾　康里子山　王守仁　王鐸

稟

王獻之　朱熹　宋克　何紹基

稚

王羲之　王守仁

稽　稼稻　稷　稱　種

| 稽 | 稼稻 | | 稷 | | 稱 | 種 |
|---|---|---|---|---|---|---|
| 文徵明 | 智永 | 稻 | 智永 | 懷素 | 溥光 | 徐渭 |
| 稽 | 歐陽詢 | 懷素 | 懷素 | 蘇軾 | 宋克 | 莫是龍 |
| 智永 | 懷素 | 趙孟頫 | 趙佶 | 趙佶 | 張瑞圖 | 種 |
| 孫過庭 | 趙佶 | 宋克 | 趙孟頫 | 範成大 | 稱 | 王羲之 |
| 懷素 | 鮮于樞 | 文徵明 | 宋克 | 宋克 | 王羲之 | 王慈 |
| 趙佶 | 趙孟頫 | 王鐸 | 陳淳 | 沈粲 | 智永 | 趙孟頫 |
| 鮮于樞 | 張弼 | 稼 | 詹景鳳 | 稷 | 孫過庭 | 俞和 |

穩穢 穡 穎 積 穆 穀 稾

**穩穢**

詹景鳳

穢

趙孟頫

俞和

穩

曾棨

康里子山

**穡**

穡

智永

懷素

趙佶

趙孟頫

祝允明

陳淳

**穎**

趙佶

鮮于樞

趙孟頫

穎

李懷琳

趙雍

何紹基

**積**

積

王羲之

王獻之

智永

孫過庭

懷素

楊凝式

**穆**

文徵明

張瑞圖

穆

王羲之

米芾

王鐸

梁同書

**穀**

宋克

沈粲

張弼

王守仁

穀

趙孟頫

宋克

**稾**

趙孟頫

張弼

王寵

陳淳

稾

懷素

揭傒斯

穰
沈粲
穰
王羲之
穴部
穴
孫過庭
蘇軾
鮮于樞
究
孫過庭
懷素
米芾
朱熹
吳鎮
宋克
徐渭
空
孫過庭
懷素
張旭
蔡襄
蘇軾
黃庭堅
趙佶
鮮于樞
沈粲
突
孫過庭
徐渭
穿
黃庭堅
詹景鳳
張瑞圖
黃道周
王鐸
窈
祝允明
文徵明
張瑞圖

窗窕

窕
祝允明
文徵明
張瑞圖
窗
米芾
陸游

窮

陳淳
詹景鳳
董其昌
窮
王羲之
孫過庭
米芾

窹

鮮于樞
宋克
張弼
祝允明
窹
祝允明
張瑞圖

竄窺

窺
孫過庭
文徵明
王寵
張瑞圖
王鐸
竄

竇

範成大
趙孟頫
吳昌碩
竇
懷素
米芾
宋克

竊

文徵明
竊
蘇軾
黃庭堅
朱熹
趙孟頫
宋克

# 立部

## 立

立

王羲之

智永

孫過庭

懷素

黃庭堅

趙佶

## 並

鮮于樞

陳淳

並

王羲之

王獻之

智永

孫過庭

顏真卿

懷素

高閑

蔣善進

米芾

## 竟

竟

王羲之

智永

孫過庭

懷素

蘇軾

米芾

趙佶

鮮于樞

## 章

祝允明

章

王羲之

智永

賀知章

孫過庭

懷素

## 童

黃庭堅

米芾

趙佶

鮮于樞

童

孫過庭

徐渭

## 竭

張瑞圖

王鐸

竭

智永

孫過庭

懷素

趙佶

端 競 竹 笄竺

端

鮮于樞

張弼

祝允明

陳淳

王羲之

王獻之

智永

孫過庭

懷素

蔡襄

蘇軾

趙佶

陸游

競

智永

孫過庭

懷素

趙佶

鮮于樞

趙孟頫

沈粲

張弼

祝允明

# 竹部

竹

王羲之

米芾

趙佶

祝允明

陳淳

文徵明

莫是龍

竺

祝允明

董其昌

王鐸

笄

智永

筆　笳　第　符　笠笛　笙

筆
智永
孫過庭
懷素
高閑
蔣善進
蔡襄
薛紹彭
趙孟頫
宋克
張弼
笳
懷素
吴錫麒
王寵
伊秉綬
第
賀知章
孫過庭
懷素
米芾
蔡襄
趙孟頫
宋克
董其昌
董其昌
符
懷素
沈粲
程南雲
張瑞圖
笛
陸游
宋克
笠
笙
智永
懷素
黄庭堅
趙佶
鮮于樞
趙孟頫
懷素
高閑
米芾
趙孟頫
揭傒斯
徐渭
王鐸

等
蘇軾
黃庭堅
米芾
等
王羲之
王獻之
智永

筍
高閑
黃庭堅
趙佶
趙孟頫
張弼
筍
黃庭堅

答
趙佶
鮮于樞
沈粲
張弼
答
王羲之
王慈

智永
孫過庭
懷素
高閑
蔡襄
黃庭堅
趙佶

筋
筋
孫過庭
李懷琳
朱熹
王寵
策
智永

懷素
黃庭堅
鮮于樞
趙孟頫
張弼
陳淳
筌

孫過庭
傅山
築
趙孟頫
康里子山
宋克
筠

箱　箴　箸箕　管箋　筵筋

陳淳
王鐸
吳讓之
筋
文徵明
何紹基
筵
智永
孫過庭
懷素
黃庭堅
趙佶
鮮于樞
趙孟頫
張弼
王寵
箋
沈粲
祝允明
何焯
管
蔡襄
蘇軾
黃庭堅
鮮于樞
沈粲
王寵
張瑞圖
箕
孫過庭
宋克
陳淳
箸
張瑞圖
王鐸
箴
智永
孫過庭
懷素
趙佶
鮮于樞
趙孟頫
沈粲
祝允明
陳淳
箱
智永
懷素
高閑

簇　篤　篋　篇篆　範篁　節



| 簇 | 篤 | 篋 | 篇篆 | 範篁 | 節 | 節 |
|---|---|---|---|---|---|---|
| 趙佶 | 懷素 | 懷素 | 王澍 | 趙佶 | 智永 | 趙佶 |
| 文天祥 | 王鐸 | 黃庭堅 | （篆） | （篁） | 賀知章 | 趙孟頫 |
| 鮮于樞 | 鄧石如 | 文天祥 | 孫過庭 | 楊維楨 | 孫過庭 | 宋克 |
| 趙孟頫 | （篤） | 趙孟頫 | 米芾 | 王寵 | 懷素 | 陳淳 |
| 張弼 | 王羲之 | 董其昌 | 解縉 | 何紹基 | 蘇軾 | 詹景鳳 |
| 祝允明 | 孫過庭 | 王守仁 | （篇） | （範） | 黃庭堅 | （節） |
| （簇） | 懷素 | （篋） | 孫過庭 | 孫過庭 | 米芾 | 王羲之 |

簿 簾簸 簷 簫 簪 簡 簍篷

簿：伊秉綬 [簿] 孫過庭 蘇軾 黄庭堅 米芾 何紹基

簸：[簸] 趙孟頫 宋克
簾：[簾] 鮮于樞 祝允明 張瑞圖

簷：張瑞圖 王鐸 [簷] 鮮于樞 王寵 張瑞圖 王鐸

簫：王寵 張瑞圖 [簫] 黄庭堅 吴寬 祝允明 陳淳

簪：高閑 趙佶 趙孟頫 宋克 沈粲 [簪] 文徵明

簡：宋克 劉墉 [簡] 王羲之 杜預 智永 懷素

篷：張瑞圖 王鐸 [篷] 吴志淳 祝允明 吴昌碩
簍：[簍]

籃
趙孟頫
祝允明
陳淳

籍
米芾
趙孟頫
祝允明
董其昌

籌
蘇軾
張瑞圖
王鐸

籟
米芾
王寵
陸治
莫是龍
張瑞圖

籠
李建中
趙孟頫
宋克
王寵
張瑞圖
陳鴻壽

籬
蘇軾
陸游
趙孟頫
鮮于樞
陳淳

## 米部

米
趙孟頫
宋克
趙之謙

粉
懷素
黃庭堅

糅　精　粲粧　粥粵　粟粕　粗　粒

懷素
李懷琳
蔡襄
黃庭堅
趙佶
趙孟頫
[糅]

宋克
沈粲
王寵
[精]
王羲之
智永
孫過庭

祝允明
姚鼐
吳昌碩
[粧]
黃庭堅
徐渭
[粲]

祝允明
陳淳
[粵]
懷素
王鐸
何紹基
[粥]

鮮于樞
劉墉
[粕]
孫過庭
[粟]
宋克
文徵明

[粗]
王羲之
懷素
孫過庭
蔡襄
米芾
薛紹彭

趙孟頫
徐渭
陳淳
伊秉綬
[粒]
懷素
趙孟頫

米部

糟糜糖 糠 糧 紀糾系

孫過庭
糖
趙孟頫
糜
孫過庭
陳淳
糟
智永
孫過庭
懷素
高閑
黃庭堅
趙佶
陸游
趙孟頫
張弼
糠
智永
懷素
高閑
趙佶
趙孟頫
宋克
沈粲
張弼
糧
智永
懷素
高閑
米芾
趙佶
趙孟頫
張弼
糸部
系
趙構
糾
孫過庭
紀
賀知章
孫過庭

祝允明

**約**

智永

孫過庭

懷素

黃庭堅

趙佶

趙孟頫

**紅**

蘇軾

黃庭堅

陸游

張弼

**紈**

智永

孫過庭

懷素

高閑

蔣善進

趙佶

趙孟頫

沈粲

**納**

孫過庭

懷素

蘇軾

米芾

趙佶

鮮于樞

宋克

**紙**

王羲之

智永

孫過庭

顏真卿

懷素

高閑

蔣善進

**純**

王羲之

蔡襄

蔡羽

**紛**

智永

歐陽詢

懷素

高閑

黃庭堅

趙佶

祝允明
細
範成大
鮮于樞
宋克
祝允明
王鐸

智永
孫過庭
李懷琳
懷素
蘇軾
趙佶
趙孟頫

米芾
李建中
趙佶
宋克
陳淳
累
王羲之

宋克
張弼
詹景鳳
索
王羲之
智永
懷素

紡
智永
孫過庭
懷素
高閑
趙佶
趙孟頫

孫過庭
懷素
黃庭堅
米芾
薛紹彭
趙佶
文天祥

趙孟頫
張弼
紘
孫過庭
素
王羲之
智永

紳 紹 終 組 紫 結

紳
索靖
孫過庭
康里子山
解縉
文徵明

紹
孫過庭
薛紹彭
王文治
何紹基

終
張芝
王羲之
杜預
智永
孫過庭
懷素
蘇軾
黃庭堅
趙佶

組
智永
歐陽詢
懷素
趙佶
趙孟頫
沈粲
陳淳
詹景鳳

紫
智永
孫過庭
懷素
黃庭堅
米芾
趙佶
趙孟頫
張弼
祝允明

結
王羲之
智永
孫過庭
懷素
黃庭堅
趙佶
鮮于樞
王守仁

| 絲 | 絮絢 | 絡統 | | 給 | 絜 | 絶 |
|---|---|---|---|---|---|---|
| 趙孟頫 | 趙孟頫 | 陳淳 | 王羲之 | 懷素 | 蔡襄 | 陳淳 |
| 吳寬 | 宋克 | [統] | 智永 | 趙佶 | 蘇軾 | [絶] |
| 祝允明 | [絢] | 李懷琳 | 懷素 | 鮮于樞 | 黃庭堅 | 王羲之 |
| [絲] | 孫過庭 | 沈粲 | 趙佶 | 趙孟頫 | 米芾 | 王獻之 |
| 王羲之 | 奚岡 | 沈周 | 鮮于樞 | 宋克 | [絜] | 孫過庭 |
| 智永 | [絮] | [絡] | 趙孟頫 | 沈粲 | 智永 | 懷素 |
| 孫過庭 | 蘇軾 | 黃庭堅 | 沈粲 | [給] | 孫過庭 | 李懷琳 |

緑綜　經　絹　綏　絳

緑綜: 黄庭堅　陸游　鮮于樞　張雨　宋克　陳淳　周天球

黄庭堅　米芾　趙佶　綜　孫過庭　懷素　緑

經: 經　王羲之　智永　褚遂良　孫過庭　懷素　蔡襄

絹: 趙孟頫　王守仁　陳淳　絹　懷素　趙孟頫　董其昌

綏: 綏　智永　孫過庭　懷素　高閑　蔣善進　趙佶

絳: 歐陽詢　懷素　高閑　趙孟頫　宋克　張弼　祝允明

懷素　趙佶　鮮于樞　張弼　祝允明　絳　智永

維綬　綴綱　綸　綵　綺

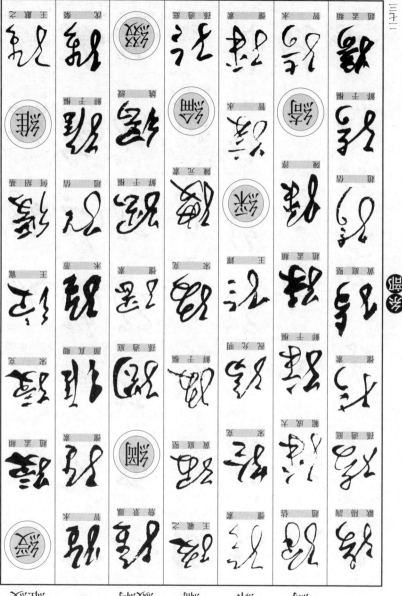

綬
趙孟頫
宋克
王寵
何紹基
維
王獻之
智永
懷素
顏真卿
米芾
趙佶
鮮于樞
沈粲
倉景鳳
綱
孫過庭
懷素
鮮于樞
姚綬
綴
王羲之
黃庭堅
鮮于樞
宋克
陳元素
綸
孫過庭
懷素
宋克
祝允明
王鐸
綵
智永
懷素
趙佶
範成大
鮮于樞
趙孟頫
陳淳
綺
智永
歐陽詢
孫過庭
懷素
黃庭堅
趙佶
鮮于樞
趙孟頫

緬緩　編　緣緘　線　緒　綿緊

緩
孫過庭
康里子山
宋克
祝允明
陳淳
緬

陳淳
王鐸
編
孫過庭
懷素
王守仁
陳淳

王羲之
智永
孫過庭
趙佶
鮮于樞
趙孟頫
沈粲

何紹基
緘
孫過庭
黃庭堅
王守仁
文彭
緣

韓道亨
冒襄
線
趙構
趙孟頫
李東陽
文徵明

懷素
趙佶
趙孟頫
沈粲
張弼
緒
李世民

宋克
緊
王鐸
陳鴻壽
綿
智永
孫過庭

縱縹　縷縮　縫　縣　縛縉　縈　練緯

王鐸
劉墉
【縹】
孫過庭
宋克
文徵明
【縱】

【縮】
饒介
【縷】
虞世南
孫過庭
鮮于樞
祝允明

蘇軾
趙佶
鮮于樞
張弼
【縫】
宋克
徐渭

宋克
【縣】
王羲之
智永
歐陽詢
孫過庭
懷素

米萬鍾
【縉】
趙孟頫
解縉
【縛】
蘇軾
陸居仁

宋克
【縈】
顏真卿
黃庭堅
趙孟頫
沈周
王寵

王羲之
範成大
【緯】
懷素
【練】
李治
趙孟頫

繆繁 繇 績 總 縻

繁
孫過庭
米芾
趙構
王寵
繆
黃庭堅
詹景鳳
繇
孫過庭
康里子山
宋克
張瑞圖
王鐸
智永
懷素
高閑
趙佶
趙孟頫
沈粲
祝允明
王羲之
孫過庭
蘇軾
宋克
文徵明
王鐸
績
趙佶
鮮于樞
沈粲
張弼
詹景鳳
總
張芝
祝允明
張瑞圖
縻
智永
歐陽詢
懷素
孫過庭
孫過庭
懷素
李懷琳
蘇軾
趙構
陸游
康里子山

續 繼 繫繪 繩 繡 繞 繕織

張瑞圖
續
智永
賀知章
孫過庭
懷素
高閑
李東陽
徐渭
張瑞圖
繼
孫過庭
懷素
蘇軾
繪
孫過庭
董其昌
繫
懷素
李懷琳
陸游
王鐸
繩
孫過庭
李懷琳
趙孟頫
宋克
王守仁
張瑞圖
王鐸
繡
宋克
張弼
王寵
張瑞圖
趙構
張瑞圖
繞
懷素
黃庭堅
祝允明
王寵
祝允明
織
懷素
蔡襄
祝允明
陳淳
繕

纏

蘇軾　趙佶　趙孟頫　沈粲　張芝　李懷琳

纓

宋克　王鐸　智永　歐陽詢　懷素　趙佶

纔

鮮于樞　沈粲　陳淳　裴休　趙孟頫　解縉

纖

徐渭　王鐸　孫過庭　懷素　宋克　陳淳

纛

董其昌　劉墉

纜

文徵明　徐渭　朱耷

# 网（冈·罒·罓）部

罔

王羲之　智永　孫過庭　懷素　趙佶　鮮于樞

罪罕 置 罰 罷 羅 羆 羈

宋克
罕
孫過庭
罪
智永
孫過庭
懷素
黃庭堅
米芾
趙佶
鮮于樞
沈粲
王守仁
置
孫過庭
李懷琳
米芾
康里子山
陳淳
罰
王羲之
趙孟頫
宋克
張瑞圖
罷
宋克
徐渭
周天球
羅
智永
歐陽詢
孫過庭
懷素
黃庭堅
趙佶
鮮于樞
趙孟頫
宋克
羆
祝允明
王鐸
羈
懷素
李懷琳
宋克

# 羊(⺶)部



## 羊

王羲之 智永 孫過庭 懷素 黃庭堅 趙佶 鮮于樞 沈粲

## 羌

智永 懷素 趙佶 鮮于樞 趙孟頫 沈粲 姚綬

## 美

王羲之 智永 賀知章 孫過庭 懷素 黃庭堅 趙佶 鮮于樞 張弼

## 羔

智永 懷素 趙佶 鮮于樞 宋克 沈粲 祝允明

## 羞

李懷琳 康里子山 宋克 董其昌 陳繼儒

## 群

羸 羶 羲 羯 義 羨

羸
王羲之
陸機
宋克
王鐸
高閑
蔣善進
趙佶
趙孟頫
羶
李懷琳
趙孟頫
鄧文原
宋克
羲
王羲之
智永
孫過庭
懷素
懷素
黃庭堅
趙佶
鮮于樞
趙孟頫
羯
趙孟頫
周天球
王鐸
義
王羲之
智永
賀知章
孫過庭
趙孟頫
張弼
羨
蔡襄
朱熹
文徵明
祝允明
索靖
智永
孫過庭
懷素
黃庭堅
趙佶
鮮于樞

# 羽部

## 羽
羽 智永 孫過庭 懷素 趙佶 鮮于樞 趙孟頫 沈粲 張弼

## 翁
翁 蔡襄 蘇軾 祝允明 徐渭 董其昌 翁方綱

## 翅
翅 祝允明 文徵明 徐渭 陳淳

## 翊
張瑞圖 翊 趙孟頫 宋克 陳洪綬

## 習
習 王羲之 孫過庭 懷素 蘇軾 趙佶 鮮于樞 趙孟頫 沈粲

## 翔
祝允明 翔 智永 懷素 趙佶 鮮于樞 趙孟頫

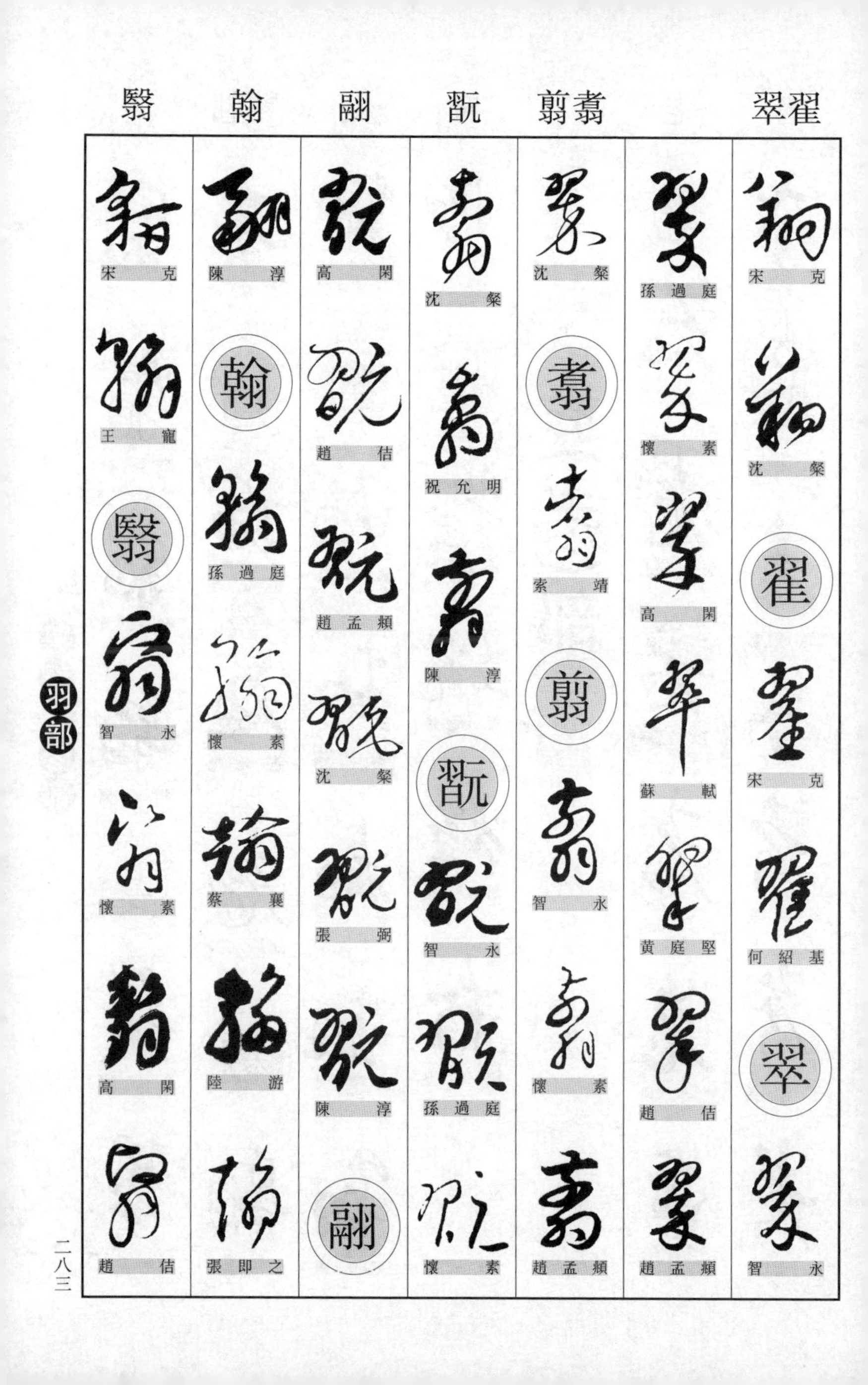

翟 翠 翥 翦 翫 翮 翰 翳

宋克
沈粲
**翟**
宋克
何紹基
**翠**
智永

孫過庭
懷素
高閑
蘇軾
黃庭堅
趙佶
趙孟頫

沈粲
**翥**
索靖
**翦**
智永
懷素
趙孟頫

沈粲
祝允明
陳淳
**翫**
智永
孫過庭
懷素

高閑
趙佶
趙孟頫
沈粲
張弼
陳淳
**翮**

陳淳
**翰**
孫過庭
懷素
蔡襄
陸游
張即之

宋克
王寵
**翳**
智永
懷素
高閑
趙佶

翼

趙孟頫

沈粲

祝允明

張瑞圖

翼

孫過庭

陳淳

翺翹

張瑞圖

翹

趙孟頫

祝允明

王鐸

翺

宋克

翻

祝允明

翻

孫過庭

蘇軾

俞和

文徵明

張瑞圖

耀

王鐸

耀

索靖

懷素

趙構

張瑞圖

## 老(耂)部

老

老

王羲之

智永

孫過庭

懷素

高閑

米芾

考

薛紹彭

趙佶

趙孟頫

考

孫過庭

宋克

解縉

## 者

者

陳淳 王羲之 智永 孫過庭 懷素 高閑

蔡襄 黄庭堅 米芾 趙佶

## 而部

## 而

而

王羲之 智永 賀知章 懷素 黄庭堅 米芾

趙佶 範成大 文天祥

## 耐

耐

李懷琳 趙孟頫 宋克

張瑞圖

## 耒部

耕耦

耕

王寵

王鐸

耦

王鐸

何紹基

吳昌碩

# 耳部

耳

耳

王羲之

王獻之

智永

懷素

高閑

蔡襄

米芾

耶

耶

王羲之

王獻之

虞世南

宋克

祝允明

耽

張瑞圖

王鐸

耽

智永

孫過庭

懷素

趙佶

耿

鮮于樞

趙孟頫

沈粲

詹景鳳

耿

王羲之

王導

聆

陸游

趙孟頫

宋克

王鐸

聆

智永

懷素

聊　聖聒　聚　聞　聯

趙佶
趙孟頫
沈粲
張弼
陳淳
聊
懷素
米芾
杜衍
王守仁
陳淳
張瑞圖
倪元璐
傅山
聒
李懷琳
李流芳
聖
智永
賀知章
孫過庭
懷素
趙佶
鮮于樞
趙孟頫
宋克
祝允明
聚
王羲之
王獻之
智永
孫過庭
趙佶
鮮于樞
趙孟頫
張弼
王鐸
聞
王羲之
王獻之
懷素
柳公權
懷素
蔡襄
蘇軾
黃庭堅
趙佶
聯
趙構

吳琚　王守仁　王寵

## 聰

孫過庭　王士禎

## 聲

索靖　王羲之　智永　孫過庭　懷素　蔡襄　蘇軾

黃庭堅　米芾

## 職

王羲之　智永　賀知章　孫過庭

懷素　趙佶　鮮于樞　趙孟頫　沈粲

## 聳

蘇軾

文彭　張瑞圖

## 聶

趙孟頫　宋克　何紹基

## 聽

王羲之　智永　懷素　趙佶　陸游　鮮于樞　趙孟頫

祝允明　陳淳

## 聾

王羲之　蘇軾　趙孟頫　宋克

王鐸

## 聿部

聿

王羲之

賀知章

肅

李世民

賀知章

宋濂

祝允明

張瑞圖

袁枚

肆

智永

懷素

米芾

趙佶

鮮于樞

宋克

沈粲

張弼

肇

孫過庭

王鐸

梁同書

## 肉（月）部

背肯　肴　育　肩　肥股　肌肉

肉
黃庭堅
陳繼儒
張瑞圖
肌
王羲之
趙孟頫
宋克
股
黃庭堅
宋克
肥
智永
懷素
趙佶
鮮于樞
趙孟頫
沈粲
陳淳
肩
趙構
宋克
王鐸
育
王獻之
智永
懷素
米芾
趙佶
趙孟頫
沈粲
肴
李懷琳
祝允明
張瑞圖
肯
米芾
趙孟頫
俞和
宋克
王鐸
背
智永
懷素
李懷琳
孫過庭
趙佶
鮮于樞
趙孟頫

脩脚　脣　脅脂　脈　能　胸胤　胡

脚
王獻之
蔡襄
黄庭堅
米芾
陸游
脩
楊凝式
張瑞圖
脣
蘇軾
黄庭堅
趙構
趙孟頫
陳淳
脂
趙孟頫
宋克
宋克
脅
王羲之
孫過庭
懷素
黄庭堅
米芾
趙佶
脈
索靖
宋克
王鐸
能
王羲之
智永
賀知章
褚遂良
胤
裴休
胸
王羲之
孫過庭
懷素
陸游
沈粲
胡
孫過庭
宋克
王守仁
張瑞圖
王鐸

腰腫　腥腑　腐腎　腊　脾脯　脱

宋克
[腫]
王羲之
蔡襄
王鐸
何紹基
[腰]
[腑]
趙孟頫
王守仁
董其昌
[腥]
李懷琳
趙孟頫
[腎]
史游
趙孟頫
[腐]
李懷琳
趙構
王寵
朱熹
趙孟頫
宋克
[腊]
孫過庭
趙孟頫
宋克
張瑞圖
[脯]
王羲之
趙孟頫
宋克
[脾]
史游
沈粲
[脱]
孫過庭
懷素
黃庭堅
宋克
祝允明
王羲之
智永
孫過庭
懷素
黃庭堅
趙孟頫
宋克

腸　腹　膚膏　膝　膳膠

腸
王敦
趙構
宋克
李東陽
董其昌
張瑞圖
智永
歐陽詢
懷素
高閑
黃庭堅
趙佶
趙孟頫
張弼
詹景鳳
腹
王羲之
趙孟頫
宋克
張瑞圖
膏
王羲之
鮮于樞
宋克
王寵
張瑞圖
膚
賀知章
膝
王羲之
賀知章
趙孟頫
宋克
王鐸
膠
趙孟頫
宋克
祝允明
陳淳
膳
智永
歐陽詢
孫過庭
懷素
高閑
趙佶
趙孟頫
張弼

膺

詹景鳳

膺

趙孟頫

董其昌

膽

蘇軾

趙孟頫

梁同書

吴昌碩

膾

趙孟頫

宋克

祝允明

臀

宋克

梁同書

臂

虞世南

陸游

趙孟頫

王鐸

# 臣部

臣

智永

賀知章

懷素

黄庭堅

趙佶

鮮于樞

趙孟頫

沈粲

陳淳

卧

懷素

李懷琳

蘇軾

米芾

陸游

祝允明

臧

索靖

王獻之

宋克

## 臨

智永
賀知章
懷素
孫過庭
蔡襄
蘇軾
黃庭堅
米芾
薛紹彭

# 自部

## 自

智永
賀知章
懷素
蔡襄
黃庭堅
趙佶
陸游
範成大
鮮于樞

## 臭

王羲之
李懷琳
宋克

# 至部

## 至

王羲之
王獻之
賀知章
蔡襄
蘇軾
黃庭堅

致

米芾

趙構

杜衍

王羲之

虞世南

孫過庭

賀知章

褚遂良

懷素

蔡襄

蘇軾

米芾

臺

孫過庭

李懷琳

蔡襄

蘇軾

黃庭堅

鮮于樞

陳淳

董其昌

臻

孫過庭

王鐸

# 臼部

舅

索靖

王羲之

吳説

王守仁

李流芳

與

王羲之

王獻之

李世民

懷素

蘇軾

米芾

沈粲

**興**

陳淳

**興**

王羲之

王獻之

智永

賀知章

孫過庭

懷素

黃庭堅

趙佶

鮮于樞

**舉**

智永

歐陽詢

懷素

孫過庭

高閑

蔡襄

趙佶

康里子山

祝允明

**舊**

王獻之

智永

孫過庭

懷素

李懷琳

高閑

米芾

陸游

趙孟頫

# 舌（舌）部

**舌**

黃庭堅

趙孟頫

吳鎮

**舍**

王羲之

王獻之

智永
孫過庭
黃庭堅
趙佶
陸游
趙孟頫
宋克

舒

孫過庭
趙孟頫

舛部

舜

趙孟頫
宋克
王守仁

舞

孫過庭
蔡襄

黃庭堅
鮮于樞
宋克
張弼
王寵

舟部

舟

懷素
蔡襄
趙佶
趙構
陸游
祝允明

張瑞圖

航

黃庭堅

祝允明

般

懷素

吳鎮

溥光

文震孟

舷

鮮于樞

祝允明

周天球

張瑞圖

船

王羲之

懷素

黃庭堅

鮮于樞

張瑞圖

王鐸

# 艮部

良

王羲之

王獻之

智永

孫過庭

蘇軾

趙佶

鮮于樞

宋克

沈粲

艱

王羲之

蘇軾

董其昌

王鐸

# 色部

色

王羲之

智永

懷素

蔡襄

黃庭堅

米芾

趙佶

陸游

朱熹

# 艹部

艾

懷素

趙孟頫

宋克

朱耷

芒

索靖

智永

歐陽詢

孫過庭

懷素

芙

懷素

薛紹彭

文徵明

莫是龍

芝

張芝

孫過庭

白玉蟾

俞和

若范 苛 荷苔 苑芾 芳 花 芥

范
王羲之
範成大
吳寬
若
王羲之
王獻之
孫過庭
宋克
祝允明
王守仁
王鐸
苛
懷素
文徵明
張瑞圖
苔
薛紹彭
鮮于樞
王寵
荷
張瑞圖
王鐸
芾
米芾
苑
懷素
王寵
宋克
莫是龍
張瑞圖
王鐸
芳
孫過庭
宋克
趙孟頫
沈粲
花
孫過庭
張旭
黃庭堅
陸游
文徵明
芥
智永
孫過庭
懷素
趙佶
鮮于樞

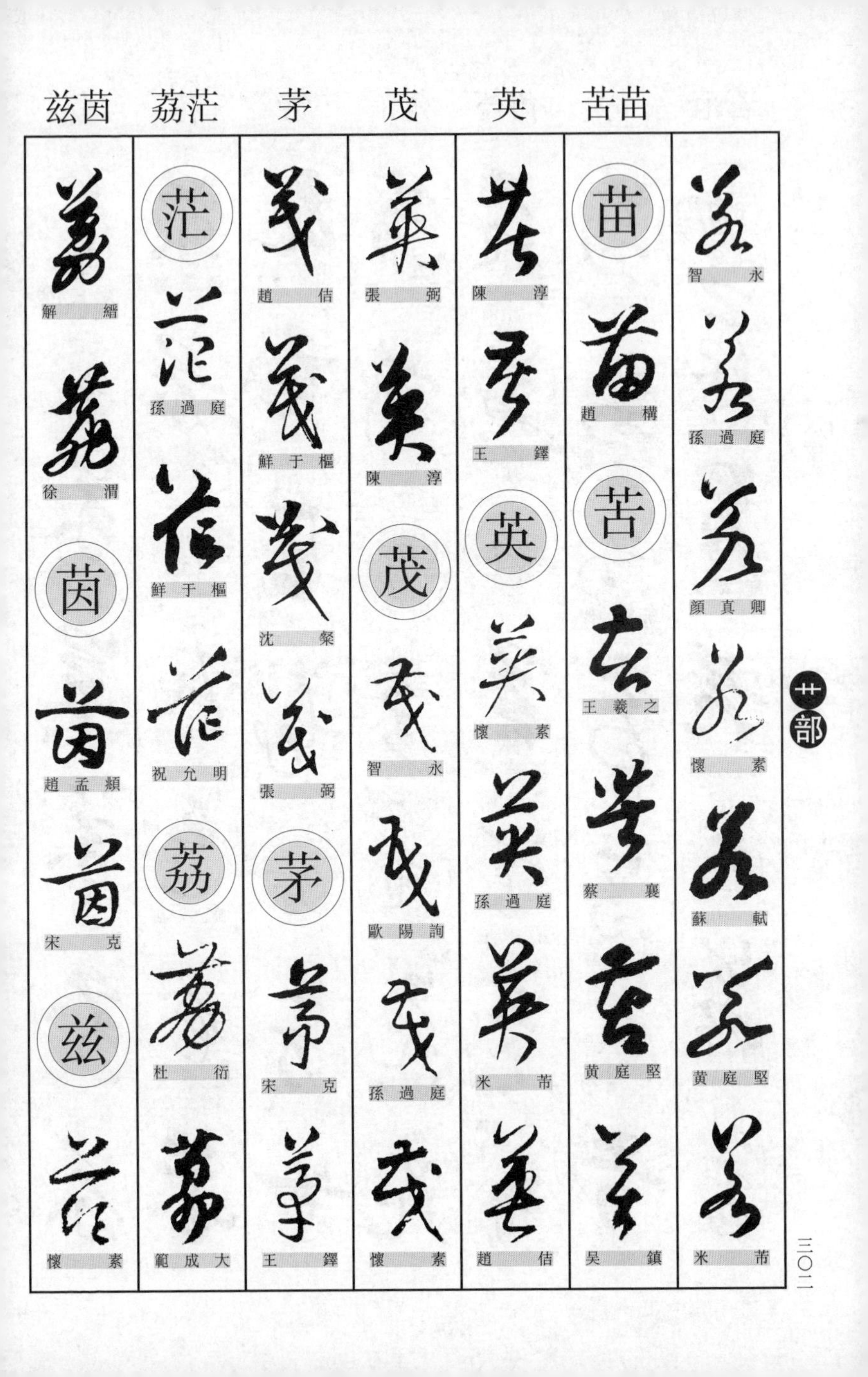

兹茵　荔茫　茅　茂　英　苦苗

解縉
徐渭
茵
趙孟頫
宋克
兹
懷素

茫
孫過庭
鮮于樞
祝允明
荔
杜衍
範成大

趙佶
鮮于樞
沈粲
張弼
茅
宋克
王鐸

張弼
陳淳
茂
智永
歐陽詢
孫過庭
懷素

陳淳
王鐸
英
懷素
孫過庭
米芾
趙佶

苗
趙構
苦
王羲之
蔡襄
黃庭堅
吳鎮

智永
孫過庭
顏真卿
懷素
蘇軾
黃庭堅
米芾

荷荐 荒 草 茸 荆 茶

智永
懷素
孫過庭
蔡襄
趙佶
陸游
範成大
趙佶
鮮于樞
沈粲
祝允明
荐
趙構
荷
黄庭堅
米芾
趙佶
荒
索靖
智永
懷素
草
王羲之
智永
孫過庭
顔真卿
懷素
蔡襄
王寵
王鐸
茸
趙孟頫
宋克
祝允明
張瑞圖
朱熹
陸居仁
董其昌
傅山
荆
王獻之
祝允明
趙佶
鮮于樞
趙孟頫
康里子山
祝允明
茶
杜衍

荻荼
- 趙孟頫
- 張弼
- 荼
- 趙孟頫
- 宋克
- 吳昌碩
- 荻

莓
- 趙孟頫
- 祝允明
- 徐渭
- 董其昌
- 莓
- 鮮于樞
- 陳淳

莊
- 王鐸
- 莊
- 智永
- 李懷琳
- 懷素
- 高閑
- 蔣善進

莎
- 趙佶
- 趙孟頫
- 祝允明
- 莎
- 黃庭堅
- 張瑞圖
- 王鐸

莫莖
- 莖
- 王獻之
- 懷素
- 莫
- 智永
- 賀知章
- 虞世南

莽
- 孫過庭
- 懷素
- 蘇軾
- 黃庭堅
- 米芾
- 趙佶
- 莽

- 智永
- 歐陽詢
- 孫過庭
- 懷素
- 高閑
- 趙佶
- 趙孟頫

## 菊

宋克

菊

懷素

蘇軾

文徵明

王鐸

何紹基

## 菌菓

菌

孫過庭

宋克

菓

王羲之

智永

孫過庭

## 菰

懷素

鮮于樞

詹景鳳

王鐸

菰

懷素

祝允明

## 菜

文徵明

徐渭

菜

智永

孫過庭

懷素

趙佶

## 華菩

鮮于樞

張弼

菩

王羲之

吳鎮

溥光

華

王羲之

智永

孫過庭

懷素

蘇軾

米芾

趙佶

## 萃菱

鮮于樞

菱

朱熹

張瑞圖

萃

孫過庭

何紹基

萊菲　萬萍　落葆萼　葉　著

菲
文徵明
張瑞圖
萊
懷素
王寵
陳淳
萍
孫過庭
趙孟頫
祝允明
王寵
萬
王羲之
賀知章
孫過庭
懷素
蔡襄
蘇軾
黃庭堅
米芾
陸游
萼
懷素
祝允明
葆
文徵明
落
王羲之
智永
歐陽詢
孫過庭
懷素
高閑
蘇軾
黃庭堅
米芾
葉
智永
孫過庭
懷素
高閑
蘇軾
趙佶
鮮于樞
趙孟頫
饒介
著
王羲之

蒙蒔葵　葳　葦葱　葬董　葛

智永
孫過庭
懷素
蘇軾
黃庭堅
米芾
康里子山
陳淳
葛
王羲之
李懷琳
米芾
朱熹
宋克
周天球
董
蘇軾
趙孟頫
宋克
董其昌
葬
康里子山
王寵
葱
宋克
王穉登
王鐸
葦
宋克
祝允明
張瑞圖
王鐸
葳
張瑞圖
王鐸
葵
宋克
張瑞圖
蒔
趙孟頫
陳鴻壽
蒙
智永
懷素
孫過庭
懷素
高閑
蔡襄
米芾

蒹蒸 蒿 蒼 蒲蓉 蓋 蓮 蔚

杜衍
趙佶
蒹
懷素
蒸
王羲之
智永

歐陽詢
懷素
高閑
蔣善進
趙佶
趙孟頫
蒿

王鐸
蒼
黃庭堅
趙孟頫
鮮于樞
董其昌
張瑞圖

王鐸
蒲
宋克
文徵明
張瑞圖
蓉
薛绍彭

鮮于樞
文徵明
王寵
蓋
智永
賀知章
李懷琳

懷素
孫過庭
米芾
趙佶
鮮于樞
王守仁
蓮

懷素
王守仁
祝允明
莫是龍
王鐸
蔚
王鐸

蕪 蕊蕙 蕃 蔽蔭 蔬蔣 蓬 蔡

蕪：孫過庭　張弼　徐渭　董其昌　王鐸

蕪

懷素

蕊蕙：文徵明　王鐸

蕙

陳淳　徐渭　王鐸

蕊

蕃：趙構　宋克　祝允明　文徵明　陳淳

蕃

王獻之

蔽蔭：張瑞圖

蔭

王獻之　吳寬　文彭　張瑞圖

蔽

蔬蔣：王寵　王鐸

蔣

陸游　何紹基

蔬

陸游

蓬：王守仁

蓬

索靖　懷素　黃庭堅　朱熹　宋克

蔡：何紹基

蔡

李世民　孫過庭　米芾　宋克　解縉

蘇軾
朱熹
鄧文原
文徵明

蕭

索靖
孫過庭

米芾
俞和
王寵
陳淳
張瑞圖

蕩

黄庭堅

饒介
祝允明
陳淳
董其昌
張瑞圖

薄

智永

賀知章
孫過庭
懷素
李懷琳
蔡襄
蘇軾
米芾

陸游

薇

文徵明
董其昌
張瑞圖
傅山

薑

智永
懷素
黄庭堅
鮮于樞
趙孟頫
宋克
陳淳

薛

米芾
趙孟頫
張瑞圖

薛

王寵
張瑞圖

艹部

藝　藏　藍　藉　薰　薪　薦薩

懷素
趙佶
鮮于樞
沈粲
張弼
藝
智永
高閑
趙佶
趙孟頫
王鐸
藏
賀知章
孫過庭
趙佶
鮮于樞
沈粲
張弼
藍
智永
懷素
解縉
文徵明
藉
智永
孫過庭
懷素
蘇軾
蔣善進
趙佶
趙孟頫
張弼
薰
黃庭堅
趙構
溥光
薪
智永
歐陽詢
孫過庭
懷素
高閑
黃道周
薦
蘇軾
文徵明
薩
王羲之
吳鎮

蘊 蘇蘆 蘭藻 藹藩 藤 藥 藜

蔡襄
蘇軾
宋克
祝允明
陳淳
董其昌
蘊
黄庭堅
宋克
蘆
徐渭
王鐸
翁方綱
蘇
祝允明
藻
孫過庭
祝允明
王寵
蘭
懷素
張瑞圖
藩
趙構
傅山
藹
趙孟頫
沈粲
趙構
宋克
陳淳
王鐸
藤
懷素
徐渭
董其昌
張瑞圖
藥
王羲之
懷素
黄庭堅
米芾
歐陽詢
懷素
趙佶
趙孟頫
祝允明
詹景鳳
藜

## 蘭 蘋

吳鎮　宋克

蘋

沈粲　張瑞圖

蘭

王獻之

智永　懷素　孫過庭　趙佶　鮮于樞　趙孟頫　宋克

## 蘿

張弼

蘿

懷素　王守仁　王寵　陳淳　張瑞圖

# 虍部

## 虎

虎

張芝　王羲之　褚遂良　顏真卿　黃庭堅　康里子山

## 虐 虔

宋克　王寵　董其昌

虔

王羲之

虐

趙孟頫

## 處

宋克　韓道亨

處

王羲之　智永　懷素　楊凝式

號　虧　號　虜　虞　虛

鮮于樞
趙孟頫
沈粲
【號】
智永
懷素
趙佶

趙佶
趙孟頫
【虧】
智永
孫過庭
懷素
趙佶

【號】
鍾繇
王羲之
王獻之
智永
孫過庭
懷素

鮮于樞
趙孟頫
宋克
祝允明
【虜】
黃庭堅
王寵

張弼
【虞】
王羲之
智永
懷素
米芾
趙佶

智永
懷素
蔡襄
蘇軾
趙佶
陸游
鮮于樞

蔡襄
黃庭堅
米芾
趙佶
範成大
【虛】
王羲之

虍部

趙孟頫

沈粲

張弼

## 虫部

**虬**

祝允明

王寵

張瑞圖

**虹**

米芾

宋克

解縉

許初

**蛇**

孫過庭

懷素

許初

王鐸

**蛟**

祝允明

張瑞圖

王鐸

**蜀**

王羲之

蘇軾

黃庭堅

範成大

董其昌

張瑞圖

王鐸

**蛾**

鮮于樞

王寵

張瑞圖

**蜉**

祝允明

張瑞圖

**蜜**

懷素

吳鎮

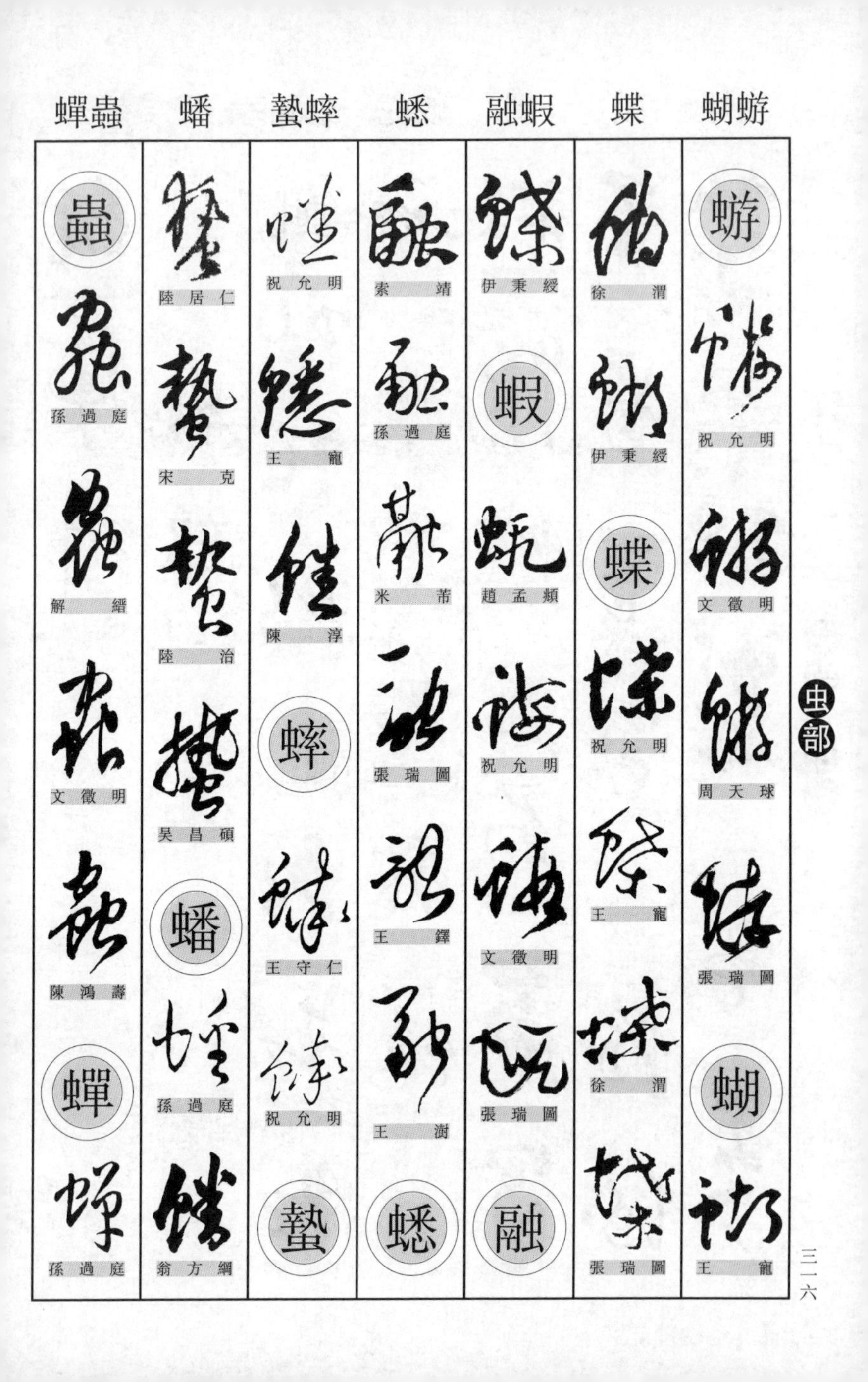

| 蟬蟲 | 蟠 | 蟄蟀 | 蟋 | 融蝦 | 蝶 | 蝴蝣 |
|---|---|---|---|---|---|---|
| 蟲 | 陸居仁 | 祝允明 | 索　靖 | 伊秉綬 | 徐　渭 | 蝣 |
| 孫過庭 | 宋　克 | 王　寵 | 孫過庭 | 蝦 | 伊秉綬 | 祝允明 |
| 解　縉 | 陸　治 | 陳　淳 | 米　芾 | 趙孟頫 | 蝶 | 文徵明 |
| 文徵明 | 吳昌碩 | 蟀 | 張瑞圖 | 祝允明 | 祝允明 | 周天球 |
| 陳鴻壽 | 蟠 | 王守仁 | 王　鐸 | 文徵明 | 王　寵 | 張瑞圖 |
| 蟬 | 孫過庭 | 祝允明 | 王　澍 | 張瑞圖 | 徐　渭 | 蝴 |
| 孫過庭 | 翁方綱 | 蟄 | 蟋 | 融 | 張瑞圖 | 王　寵 |

術　行　蠻　蠹蠶　蠡蠟　蟾蟻

# 行部

街 王守仁 街 鮮于樞 宋克 陳淳 徐渭 周天球

衞衝 衝 米芾 趙構 陸游 祝允明 衞 衛瓘

衡 趙構 趙孟頫 宋克 王鐸 衡 王羲之 智永

衢 孫過庭 懷素 趙佶 鮮于樞 趙孟頫 沈粲 衢

蔡襄 陸游 陳淳 張瑞圖 王鐸

# 衣（衤）部

衣 衣 王羲之 智永 賀知章 懷素 黃庭堅 趙佶

被袖祖 袍袋 袁衾 袂衲 衰 表

文徵明
祖
黃庭堅
袖
黃庭堅
祝允明
陳淳
被

邢侗
袋
裴休
溥光
袍
黃庭堅
祝允明

王穉登
衾
賀知章
陳淳
袁
王羲之
韓道亨

王鐸
衲
溥光
王寵
袂
黃庭堅
祝允明

王羲之
虞世南
孫過庭
米芾
朱熹
趙孟頫
王寵

懷素
趙佶
杜衍
趙孟頫
宋克
沈粲
衰

朱熹
趙孟頫
康裏子山
表
王羲之
智永
孫過庭

被

智永
孫過庭
懷素
趙佶
鮮于樞
溥光
張弼

張瑞圖

裁

李東陽
王守仁
陳淳
徐渭
姜立綱

裂

索靖
王羲之
張瑞圖

裘

孫過庭
懷素
朱熹
康里子山
宋克
王寵
吳昌碩

裏

懷素
米芾
鮮于樞
康里子山
宋克
董其昌

裔

宋克

補

賀知章
陸游
陸居仁
王守仁

裊

文徵明
張瑞圖
吳昌碩

裝

祝允明
徐渭
陳鴻壽

裳

襲　襟襞　褒褐　褚製　褌裹

宋克
張弼
李東陽
文彭
張瑞圖
吳昌碩

孫過庭
鮮于樞
祝允明
文徵明
王鐸
吳昌碩
襲

襞
蔡襄
鮮于樞
宋克
陳淳
張瑞圖
襟

宋克
褐
黃庭堅
宋克
王寵
褒
祝允明

製
孫過庭
宋克
張瑞圖
劉墉
褚
趙孟頫

裹
王羲之
李懷琳
趙孟頫
褌
孫過庭
解縉

智永
孫過庭
懷素
趙佶
趙孟頫
沈粲
張弼

西 要 覆

# 襾（西）部

西
王羲之
王獻之
智永
賀知章
歐陽詢
孫過庭
懷素
黃庭堅
米芾
要
王羲之
智永
歐陽詢
孫過庭
懷素
高閑
蘇軾
黃庭堅
趙佶
覆
智永
懷素
孫過庭
蘇軾
米芾
趙佶
鮮于樞
趙孟頫
沈粲


# 見部

| 覺 | 親 | 覩 | 視 | 覔 | 規 | 見 |
|---|---|---|---|---|---|---|
| 高閑 | 懷素 | 孫過庭 | 朱熹 | 趙佶 | 蘇軾 | 見 |
| 米芾 | 孫過庭 | 黃庭堅 | 鮮于樞 | 鮮于樞 | 黃庭堅 | 張芝 |
| 薛紹彭 | 王寵 | 米芾 | 王守仁 | 趙孟頫 | 米芾 | 王羲之 |
| 趙佶 | 親 | 文天祥 | 婁堅 | 康里子山 | 規 | 王獻之 |
| 趙孟頫 | 智永 | 祝允明 | 張瑞圖 | 沈粲 | 智永 | 智永 |
| 宋克 | 賀知章 | 陳淳 | 視 | 詹景鳳 | 孫過庭 | 賀知章 |
| 覺 | 懷素 | 覩 | 王羲之 | 覔 | 懷素 | 懷素 |

覽

王獻之

王導

賀知章

蘇軾

米芾

薛紹彭

鮮于樞

宋克

王鐸

覽

米芾

朱熹

康里子山

陸治

觀

觀

王羲之

智永

孫過庭

懷素

黃庭堅

薛紹彭

趙佶

陸游

文天祥

# 角部

解角

角

索靖

趙孟頫

康里子山

宋克

傅山

解

索靖

王羲之

王獻之

智永

懷素

黃庭堅

米芾

觴

趙佶
趙孟頫
觴
智永
歐陽詢
孫過庭
高閑

觸

趙佶
趙孟頫
宋克
沈粲
觸
王羲之
王獻之
吳鎮
王鐸

# 言部

言

言
王羲之
王獻之
智永
虞世南
孫過庭
懷素

計

蘇軾
黃庭堅
米芾
計
王羲之
王獻之
虞世南

訊

蔡襄
黃庭堅
米芾
王鐸
訊
懷素

許 設 訪訟 訛 記 託 訓

黄庭堅
趙佶
鮮于樞
趙孟頫
張弼
詹景鳳
許

俞和
祝允明
董其昌
設
智永
孫過庭
懷素

孫過庭
訟
懷素
訪
張旭
黄庭堅
陸游

孫過庭
黄庭堅
米芾
朱熹
祝允明
張瑞圖
訛

孫過庭
米芾
鮮于樞
李東陽
祝允明
王鐸
記

鮮于樞
趙孟頫
沈粲
張弼
託
王羲之
李懷琳

範成大
張瑞圖
訓
智永
孫過庭
懷素
趙佶

詩詣　試　詠評　詞　詔詐

詣
孫過庭
蘇軾
鮮于樞
詩
智永
孫過庭

陳淳
試
王羲之
孫過庭
黃庭堅
王寵
董其昌

孫過庭
懷素
蔡襄
趙佶
鮮于樞
趙孟頫
沈粲

宋克
陳淳
評
孫過庭
吳寬
詠
智永

張瑞圖
詞
孫過庭
米芾
範成大
朱熹
鮮于樞

陳淳
詐
黃庭堅
宋克
王守仁
詔
王羲之

王羲之
王導
懷素
李懷琳
黃庭堅
張雨
宋克

誕認　誓　誇　誅話　詹　詳

認
李建中
祝允明
徐渭
何紹基
誕
孫過庭

王寵
張瑞圖
誓
索靖
孫過庭
董其昌
張瑞圖

高閑
蔣善進
黄庭堅
趙佶
張弼
祝允明
誇

話
梁武帝
祝允明
誅
智永
孫過庭
懷素

趙孟頫
張弼
詹
王寵
詹景鳳
韓道亨
吳昌碩

詳
智永
孫過庭
懷素
高閑
蔣善進
趙佶

賀知章
懷素
趙佶
陸游
朱熹
文天祥
鮮于樞

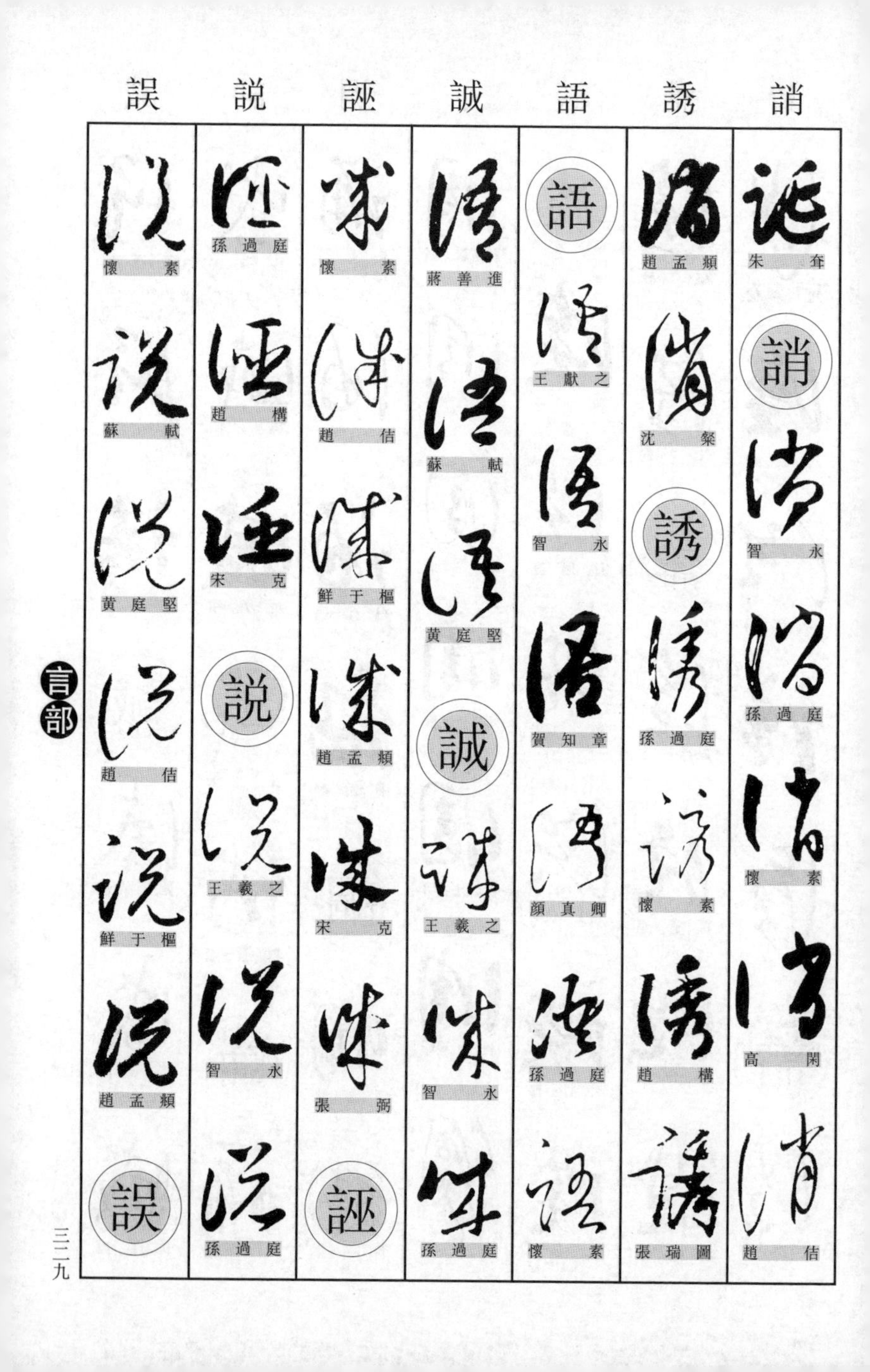

誤 説 誣 誠 語 誘 誚

懷素

蘇軾

黄庭堅

趙佶

鮮于樞

趙孟頫

**誤**

孫過庭

趙構

宋克

**説**

王羲之

智永

孫過庭

懷素

趙佶

鮮于樞

趙孟頫

宋克

張弼

**誣**

蔣善進

蘇軾

黄庭堅

**誠**

王羲之

智永

孫過庭

**語**

王獻之

智永

賀知章

顔真卿

孫過庭

懷素

趙孟頫

沈粲

**誘**

孫過庭

懷素

趙構

張瑞圖

朱耷

**誚**

智永

孫過庭

懷素

高閑

趙佶

| 請 | 誰 | 談 | 調 | 調 | 誦 | 誠 |
|---|---|---|---|---|---|---|
| 趙佶 | 沈粲 | 談 | 孫過庭 | 朱熹 | 懷素 | 孫過庭 |
| 趙孟頫 | 張弼 | 智永 | 懷素 | 王守仁 | 趙佶 | 趙孟頫 |
| 祝允明 | 誰 | 孫過庭 | 趙佶 | 祝允明 | 趙孟頫 | 朱熹 |
| 陳淳 | 智永 | 懷素 | 鮮于樞 | 張瑞圖 | 沈粲 | 誠 |
| 王鐸 | 孫過庭 | 趙佶 | 祝允明 | 調 | 詹景鳳 | 智永 |
| 請 | 懷素 | 鮮于樞 | 陳淳 | 王羲之 | 誦 | 歐陽詢 |
| 王獻之 | 黃庭堅 | 宋克 | 王鐸 | 智永 | 陸游 | 孫過庭 |

諸　謁　謀諫　諭　諦諮　論

孫過庭
懷素
黃庭堅
吳説
康里子山
文徵明
何紹基

論
智永
孫過庭
懷素
趙佶
趙孟頫
宋克

張弼
諮
趙孟頫
王鐸
諦
黃庭堅
張瑞圖

王鐸
諭
蘇洵
範成大
趙孟頫
周天球
婁堅

王鐸
劉墉
諫
賀知章
黃庭堅
王鐸
謀

孫過庭
黃庭堅
陸居仁
祝允明
張瑞圖
謁
懷素

宋璲
張瑞圖
諸
智永
孫過庭
懷素
賀知章

謬　謝　謠　講　謙　謂

顏真卿
黃庭堅
米芾
趙佶
朱熹
謂
王羲之
智永
賀知章
孫過庭
懷素
高閑
黃庭堅
趙佶
文天祥
謙
智永
歐陽詢
孫過庭
懷素
趙佶
趙孟頫
張弼
陳淳
講
張芝
王羲之
陸游
范成大
朱熹
王守仁
文徵明
王鐸
謠
沈粲
董其昌
謝
王羲之
智永
孫過庭
懷素
蔡襄
蘇軾
黃庭堅
趙佶
文天祥
謬
孫過庭
王鐸


言部

謫謨 謹謳 證謾 譏 識

謨
米芾
鮮于樞
董其昌
謫
鮮于樞
康里子山
王守仁
謳
範成大
宋克
祝允明
張瑞圖
謹
智永
賀知章
孫過庭
懷素
蔡襄
黃庭堅
趙佶
趙孟頫
祝允明
謾
索靖
範成大
證
趙構
宋克
姜宸英
何紹基
譏
智永
歐陽詢
孫過庭
懷素
趙佶
趙孟頫
張弼
陳淳
識
王羲之
王獻之
李懷琳
黃庭堅
米芾
朱熹
鮮于樞
康里子山

譜譚

陳淳

譚

鄧文原

宋克

譜

孫過庭

米芾

警

王獻之

趙孟頫

祝允明

王鐸

王鐸

梁同書

議

王羲之

王獻之

孫過庭

黃庭堅

宋克

文彭

譬

王鐸

譬

王羲之

孫過庭

趙構

康里子山

梁同書

譽護

護

王羲之

蘇軾

陸游

趙孟頫

宋克

譽

智永

懷素

李懷琳

趙佶

趙孟頫

宋克

祝允明

讀

讀

智永

李懷琳

懷素

高閑

蘇軾

黃庭堅

變：趙佶　文天祥　趙孟頫

**變**

孫過庭　李邕　蔡襄

米芾　趙孟頫　康里子山　宋克　王寵

**讓**

王羲之

智永　賀知章　孫過庭　鮮于樞　趙孟頫　宋克　王守仁

**讚**

智永　孫過庭　懷素　趙佶　鮮于樞　趙孟頫

張弼　祝允明

# 谷部

**谷**

智永　懷素　孫過庭　趙佶　鮮于樞　趙孟頫

谿

宋克 張瑞圖 鮮于樞 祝允明 文徵明 董其昌

豁

王鐸 孫過庭 懷素 宋克 婁堅

# 豆部

豈

王羲之 王獻之 智永 孫過庭 懷素 黃庭堅

豐

米芾 朱熹 文天祥 王羲之 李懷琳 鄧石如

豔

何紹基 孫過庭 趙構 趙孟頫 文徵明 張瑞圖 吳讓之

# 豕部

## 象

智永

歐陽詢

賀知章

懷素

孫過庭

高閑

趙佶

趙孟頫

宋克

## 豪

孫過庭

蘇軾

米芾

宋克

徐有貞

李東陽

## 豫

智永

孫過庭

懷素

高閑

蔣善進

趙佶

趙孟頫

陳淳

# 豸部

## 豹

鄧文原

宋克

祝允明

文徵明

張瑞圖

王鐸

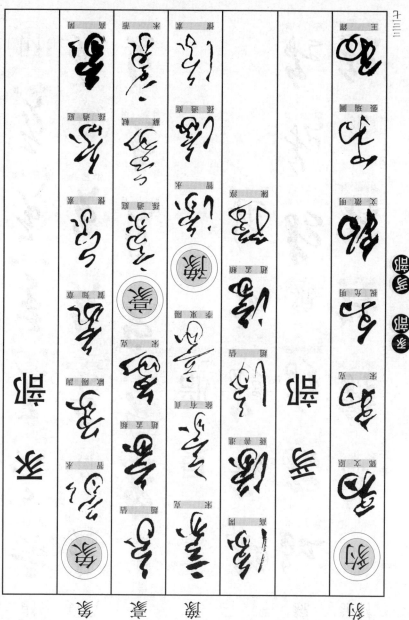

豺
王羲之
鄧文原
宋克
王寵

貂
鄧文原

宋克
豐坊
張瑞圖

貌
智永
孫過庭
懷素

趙佶
趙孟頫
張弼
陳淳
詹景鳳

# 貝部

貞
智永
懷素
趙構
鮮于樞
沈粲
祝允明

陳淳

負
黃庭堅
王守仁
陳淳

貢
智永

孫過庭
懷素
趙佶
陸游
張弼
陳淳

財

貧 貫 貪 責 貶 貴 買 費

貧

王羲之

趙孟頫

宋克

貧

蘇軾

米芾

陸游

貫

趙孟頫

祝允明

貫

索靖

孫過庭

蔡羽

張瑞圖

貪

黃庭堅

趙構

趙孟頫

宋克

責

懷素

貶

李懷琳

王鐸

貶

陸游

鄧文原

宋克

貴

智永

李懷琳

孫過庭

懷素

賀知章

蔡襄

蘇軾

買

黃庭堅

米芾

買

蘇軾

米芾

趙孟頫

宋克

陳淳

張瑞圖

王鐸

費

陸游

趙孟頫

鄧文原

## 貽

陳淳　貽　智永　孫過庭　米芾　趙佶　趙孟頫

## 賀

祝允明　陳淳　賀　懷素　陸游　趙雍　鄧文原

## 資

宋克　資　王羲之　智永　賀知章　孫過庭　懷素

## 賈

趙佶　鮮于樞　趙孟頫　張弼　賈　索靖　王羲之

## 賊

俞和　宋克　王鐸　賊　智永　歐陽詢　孫過庭

## 賑

懷素　高閑　蔣善進　趙佶　趙佶　張弼　賑

## 賓

王羲之　陳鴻壽　賓　王羲之　智永　懷素　蔡襄

賒 賞 賜 賣 賢 賤 質

黄庭堅
趙佶
陸游
鮮于樞
趙孟頫

## 賒

趙構

王鐸

## 賞

智永
孫過庭
懷素
蔡襄
趙佶

趙孟頫
宋克
張弼

## 賜

王慈
陸游
鮮于樞

宋克
沈粲
劉墉

## 賣

宋克
黄道周
董其昌

## 賢

王羲之
孫過庭
懷素
蘇軾
黄庭堅
米芾

趙佶
鮮于樞
趙孟頫

## 賤

智永
懷素
米芾

趙佶
鮮于樞
趙孟頫
宋克
陳淳

## 質

孫過庭

贏瞻 贈 贊購 賴 賦

懷素
黃庭堅
王守仁
張瑞圖
賦
孫過庭
黃庭堅
趙構
鮮于樞
宋克
祝允明
文徵明
賴
王羲之
智永
孫過庭
懷素
趙佶
鮮于樞
趙孟頫
宋克
沈粲
購
米芾
宋克
吳昌碩
贊
懷素
贈
陸游
範成大
王守仁
董其昌
王鐸
傅山
瞻
孫過庭
贏
宋克
祝允明

# 赤部

赤

赤

智永

懷素

趙佶

趙孟頫

張弼

祝允明

赫赦

張瑞圖

赦

黃庭堅

趙孟頫

宋克

赫

賀知章

趙構

王寵

張瑞圖

# 走部

走

走

懷素

蔡襄

黃庭堅

鮮于樞

康里子山

徐有貞

赴

張瑞圖

赴

孫過庭

懷素

陸游

吳說

鮮于樞

起

王守仁

何紹基

起

王羲之

智永

孫過庭

懷素

趨　趣　趙　超　越

蘇軾
黃庭堅
趙佶
趙構
陸游

越

孫過庭
趙構
康里子山
宋克
沈粲
祝允明
王寵

超

智永
孫過庭
懷素
高閑
蔣善進
趙佶
朱熹
趙孟頫
張弼

趙

王羲之
歐陽詢
孫過庭
懷素
黃庭堅
趙佶
趙孟頫
宋克
祝允明

趣

李懷琳
孫過庭
康里子山
宋克
張弼
王鐸

趨

孫過庭
米芾
饒介
宋克
解縉
張瑞圖
王鐸

# 足（⻊）部

足
王羲之
智永
孫過庭
懷素
高閑
蔣善進
蔡襄
米芾
趙佶
距
王羲之
孫過庭
宋克
跡
智永
懷素
米芾
薛紹彭
趙佶
趙孟頫
陳淳
跪
黄庭堅
何紹基
路
王羲之
智永
孫過庭
懷素
蔡襄
黄庭堅
米芾
薛紹彭
趙佶
踊
賀知章
趙構
宋克
踐
智永
懷素

| 踞 | 蹄踰 | 蹇 | 蹙蹔 | 蹤 | 躍躁 | 躡 |
|---|---|---|---|---|---|---|
| 趙佶 | 祝允明 | 懷素 | 蹔 | 祝允明 | 王鐸 | 趙佶 |
| 趙孟頫 | 張瑞圖 | 張瑞圖 | 王羲之 | 徐渭 | 躁 | 趙孟頫 |
| 沈粲 | 踰 | 王鐸 | 王珉 | 蹤 | 孫過庭 | 沈粲 |
| 張弼 | 索靖 | 蹇 | 徐渭 | 張芝 | 躍 | 張弼 |
| 陳淳 | 王鐸 | 孫過庭 | 婁堅 | 王羲之 | 智永 | 躡 |
| 踞 | 蹄 | 文徵明 | 王鐸 | 米芾 | 孫過庭 | 王獻之 |
| 康里子山 | 孫過庭 | 朱耷 | 蹙 | 祝允明 | 懷素 | 懷素 |

身 躬 軀 車

董其昌
王鐸

# 身部

身
永智
孫過庭
黄庭堅
趙佶
鮮于樞
趙孟頫

宋克
沈粲
王鐸
躬
永智
孫過庭
懷素

趙佶
趙孟頫
張弼
祝允明
軀
趙構
祝允明

# 車部

車
索靖
歐陽詢
懷素
黄庭堅
米芾
趙佶

軍軌　軒　軫軟　軻軸　較輅軼

鮮于樞

軌

褚遂良

祝允明

何紹基

軍

張芝

王羲之

王獻之

智永

孫過庭

懷素

黃庭堅

趙佶

軒

李世民

孫過庭

米芾

朱熹

趙孟頫

王守仁

張瑞圖

軟

孫過庭

吳昌碩

軫

宋克

祝允明

王鐸

軸

懷素

陸游

軻

王羲之

智永

歐陽詢

孫過庭

懷素

趙佶

趙孟頫

張弼

陳淳

軼

王寵

吳昌碩

輅

索靖

孫過庭

較

載 軾 軏 輔 輕 輝 輟輦

載：魏了翁　梁同書　趙之謙　王羲之　智永　孫過庭

懷素　蘇軾　趙佶　朱熹　趙孟頫　沈粲

軾：蘇軾　宋克　張瑞圖

軏：孫過庭　趙孟頫　康里子山

宋克　張瑞圖

輔：趙佶　張雨　宋克　張弼

輕：智永　孫過庭　懷素　蔡襄　黃庭堅　趙佶　趙構

鮮于樞

輝：懷素　宋克　解縉　王寵　陳淳

輟：索靖　趙孟頫　何紹基

輦：智永　歐陽詢

轅 輿 轂輸 輶輩 輪

懷素
趙佶
鮮于樞
趙孟頫
宋克
祝允明
輪

孫過庭
黃庭堅
米芾
鮮于樞
祝允明
文彭
張瑞圖

輩
孫過庭
李懷琳
米芾
王守仁
董其昌
輶

智永
孫過庭
懷素
高閑
趙佶
趙孟頫
沈粲

張弼
輸
鄧文原
宋克
徐渭
轂
智永
歐陽詢

孫過庭
懷素
趙佶
鮮于樞
趙孟頫
沈粲
輿

王羲之
李懷琳
康里子山
宋克
王寵
王鐸
轅

車部

轉　轡轟轎　轤　辜辛　辨辟

孫過庭
趙構
鄧文原
祝允明
王鐸
轉
王羲之

智永
孫過庭
懷素
黃庭堅
米芾
趙佶
鮮于樞

趙孟頫
轎
祝允明
何紹基
轟
張瑞圖
轡

史游
趙構
許初
張瑞圖
轤
孫過庭
祝允明

# 辛部

辛
王獻之
王導
王鐸
辜
索靖
宋克

辟
宋克
王寵
辨
張芝
王羲之
王獻之

辭

懷素
蘇軾
趙佶
趙孟頫
沈粲
陳淳
辭
米芾

王羲之
智永
孫過庭
懷素
蔡襄
黄庭堅
米芾

辯

杜衍
趙佶
辯
智永
趙孟頫

# 辰部

辰

辰
智永
孫過庭
懷素
趙佶
鮮于樞
趙孟頫

辱

張弼
詹景鳳
辱
智永
懷素
蘇軾
米芾

農

趙佶
趙孟頫
張弼
祝允明
農
智永
歐陽詢

迫迤 迢 返 近 迎迅

徐渭
[迤]
懷素
李東陽
徐渭
[迫]
李懷琳

王羲之
解縉
祝允明
王鐸
[迢]
黃庭堅
陳淳

虞世南
孫過庭
懷素
李懷琳
蔡襄
趙佶
[返]

王獻之
董其昌
王鐸
[近]
王羲之
王獻之
智永

[迅]
孫過庭
懷素
趙構
祝允明
[迎]
王羲之

## 辵（辶）部

孫過庭
懷素
趙佶
趙孟頫
沈粲
祝允明

逃 送 退 追 迹 迷 述迭

逃：柳公權 蔡襄 米芾 陸游 陳淳 （逃） 文天祥
送：孫過庭 趙佶 鮮于樞 趙孟頫 （送） 王羲之 王獻之
退：王鐸 （退） 王羲之 王獻之 智永 賀知章 歐陽詢
追：康里子山 文徵明 張瑞圖 （追） 孫過庭 懷素 陳继儒
迹：張瑞圖 王鐸 （迹） 索靖 王羲之 孫過庭 懷素
迷：張瑞圖 （迷） 孫過庭 張旭 薛紹彭 王寵 徐渭
述迭：孫過庭 陳淳 （迭） 孫過庭 （述） 孫過庭 王寵

通 途 逐 透 逍 逆
(continued): 懷素 蔡襄 趙佶 趙構 鮮于樞 詹景鳳 王鐸
通: 趙佶 趙孟頫 沈粲 陳淳 孫過庭 賀知章
途: 鮮于樞 趙孟頫 宋克 智永 孫過庭 懷素
逐: 智永 歐陽詢 孫過庭 懷素 蔡襄 趙佶
透: 陳淳 蘇軾 康里子山 祝允明 周天球 張瑞圖
逍: 智永 歐陽詢 懷素 趙佶 趙孟頫 張弼
逆: 祝允明 張瑞圖 賀知章 黃庭堅 宋克 張瑞圖

進　逮　連　逢　速　造逝

宋克
王寵
進
王羲之
賀知章
孫過庭
康里子山
趙佶
鮮于樞
宋克
張弼
逮
孫過庭
康里子山
王鐸
連
王導
智永
歐陽詢
孫過庭
懷素
逢
索靖
孫過庭
宋克
文徵明
王寵
張瑞圖
張瑞圖
速
王羲之
懷素
孫過庭
陳淳
王鐸
智永
孫過庭
懷素
趙佶
鮮于樞
趙孟頫
沈粲
逝
索靖
祝允明
陳淳
周天球
造
王羲之

遍

懷素
蔡襄
蘇軾
黃庭堅
吳説
朱熹
遍

遂

康里子山
祝允明
陳淳
遂
王羲之
王獻之
孫過庭

遇

劉墉
遇
王羲之
孫過庭
懷素
黃庭堅
薛紹彭

逾

趙佶
趙孟頫
沈粲
祝允明
逾
孫過庭
文徵明

逼

孫過庭
吳讓之
逼
王羲之
智永
李懷琳
懷素

遁

李懷琳
趙佶
鮮于樞
趙孟頫
沈粲
張弼
遁

逸

解縉
詹景鳳
王鐸
逸
王羲之
孫過庭
懷素

遐 道 過 運 遊遒

孫過庭
懷素
黃庭堅
米芾

**遐**

索靖
智永

趙佶

**道**

索靖
王羲之
王獻之
智永
賀知章

王獻之
智永
懷素
孫過庭
蘇軾
黃庭堅
米芾

孫過庭
懷素
高閑
蘇軾
趙佶

**過**

王羲之

趙孟頫
陳淳

**運**

索靖
王羲之
智永
歐陽詢

王羲之
智永
懷素
高閑
蘇軾
米芾
趙佶

蘇軾
米芾
祝允明
何紹基

**遒**

孫過庭

**遊**

辵部

## 達

達

賀知章　懷素　蔡襄　趙佶　鮮于樞　趙孟頫　沈粲

王羲之　王獻之　智永　孫過庭　李懷琳　趙佶

## 違

鮮于樞　趙孟頫　宋克

違

索靖　王羲之　孫過庭

## 遥

陸游　王寵　陳淳　王鐸

遥

智永　懷素

## 遜

蘇軾　黃庭堅　趙佶　趙孟頫　陳淳　傅山

遜

## 遞

趙佶　何紹基

遞

李東陽　王澍

## 遠

遠

王羲之

王獻之　智永　歐陽詢　孫過庭　懷素　蔡襄　黃庭堅

遺 邀 適 遲 遵 遷 遺

米芾
遺
王羲之
智永
歐陽詢
孫過庭
懷素
蘇軾
黃庭堅
趙佶
趙孟頫
邀
趙構
祝允明
周天球
適
王羲之
智永
懷素
高閑
蔡襄
黃庭堅
趙佶
趙孟頫
張弼
遲
索靖
王羲之
王獻之
懷素
孫過庭
趙構
王鐸
遵
王羲之
智永
懷素
趙佶
趙孟頫
沈粲
張弼
遷
孫過庭
宋克
張瑞圖
遺
賀知章
孫過庭
懷素

邀　邃　還　邁遽　避　遼

蔡襄
黃庭堅
米芾
宋克
祝允明

遼

智永

懷素
高閑
趙佶
趙孟頫
沈粲
祝允明

避

王羲之
賀知章
黃庭堅
趙孟頫
俞和
陳淳
王鐸
劉墉

遽

孫過庭
王守仁
董其昌

邁

張芝
孫過庭
祝允明
陳淳

還

王羲之
懷素
孫過庭
李懷琳
蔡襄
黃庭堅
米芾
宋克
王寵

邃

懷素
傅山

邀

黃庭堅
俞和
董其昌
張瑞圖

邈

何紹基 | 邈 | 智永 | 歐陽詢 | 懷素 | 趙佶 | 趙孟頫

邇

張弼 | 王寵 | 陳淳 | 邇 | 智永 | 懷素 | 趙佶

邊

鮮于樞 | 趙孟頫 | 張弼 | 詹景鳳 | 邊 | 索靖 | 王羲之

懷素 | 蘇軾 | 黃庭堅 | 宋克 | 張弼 | 張瑞圖

## 邑(阝)部

邑

邑 | 王羲之 | 智永 | 懷素 | 趙佶 | 鮮于樞 | 趙孟頫

邕

宋克 | 張弼 | 祝允明 | 邕 | 懷素 | 孫過庭 | 吳昌碩

邑部

| 郡 | 郎 | 郗郊 | 邳邯 | 邪邨 | 邦那 | 邙 |
|---|---|---|---|---|---|---|
| 鮮于樞 | 王羲之 | [郊] | 康里子山 | 王羲之 | 寥輔 | [邙] |
| 趙孟頫 | 孫過庭 | 賀知章 | 宋克 | 米芾 | [那] | 趙孟頫 |
| 祝允明 | [郎] | 懷素 | 朱耷 | [邨] | 孫過庭 | 沈粲 |
| 詹景鳳 | 王羲之 | 康里子山 | [邯] | 王慈 | 黃庭堅 | 張弼 |
| [郡] | 顏真卿 | 宋克 | 孫過庭 | 張瑞圖 | 祝允明 | 祝允明 |
| 王羲之 | 懷素 | 王鐸 | [邳] | [邪] | 張瑞圖 | 王守仁 |
| 智永 | 黃庭堅 | [郗] | 王羲之 | 趙孟頫 | [邦] | 詹景鳳 |

| 鄭 | 鄧鄙 | 鄉 | 都郵 | | 部 | 郭 |
|---|---|---|---|---|---|---|
| 宋克 | 詹景鳳 | 鄉 | 智永 | 董其昌 | 懷素 | 懷素 |
| 董其昌 | 鄙 | 王羲之 | 懷素 | 張瑞圖 | 俞合 | 趙佶 |
| 張瑞圖 | 孫過庭 | 朱熹 | 黄庭堅 | 郵 | 陳淳 | 趙孟頫 |
| 吴昌碩 | 懷素 | 鮮于樞 | 薛紹彭 | 王羲之 | 董其昌 | 宋克 |
| 鄭 | 文徵明 | 趙孟頫 | 趙佶 | 都 | 張瑞圖 | 張弼 |
| 陸游 | 劉墉 | 宋克 | 鮮于樞 | 王羲之 | 部 | 陳淳 |
| 鮮于樞 | 鄧 | 王寵 | 趙孟頫 | 王獻之 | 懷素 | 郭 |

酒配 酌 酊西 鄰鄲 鄰

張瑞圖
配
賀知章
酒
王羲之
王慈
智永

張瑞圖
酌
孫過庭
顔真卿
文天祥
祝允明
文徵明

西
懷素
文天祥
王鐸
酊
鮮于去矜
宋克

# 酉部

宋克
文徵明
王鐸

張瑞圖
王鐸
鄲
孫過庭
宋克
張瑞圖
鄰

張瑞圖
傅山
何紹基
鄭燮
鄰
王羲之
文徵明

## 酢

李懷琳
孫過庭
懷素
高閑
蔣善進
蘇軾
酢

## 酤酣

範成大
酣
蘇軾
文徵明
張瑞圖
酤
祝允明

## 酬酪

徐渭
酪
宋克
張瑞圖
酬
索靖
趙孟頫

## 酷

陸居仁
祝允明
王守仁
傅山
伊秉綬
酷
文天祥

## 酸

祝允明
酸
王導
王羲之
趙孟頫
宋克
趙之謙

## 醉醇

醇
蘇軾
徐有貞
醉
孫過庭
懷素
蘇軾

## 醒

黄庭堅
薛紹彭
陸游
宋克
徐渭
王鐸
醒

醜　醫醪　醲醴　采　釋

陸游
祝允明
吳寬
張瑞圖

醜

賀知章
孫過庭

蘇軾

醪

蘇軾
趙構
陸游
宋克

醫

趙孟頫
宋克
王鐸

醴

趙構
宋克

醲

王羲之
趙孟頫
宋克
張瑞圖

# 采部

采

張旭
薛紹彭
宋克
陳淳
張瑞圖
王鐸

釋

王羲之
智永
懷素
高閑
趙佶
趙孟頫

# 里部

張弼
陳淳
王鐸
里
王羲之
孫過庭
懷素
黃庭堅
薛紹彭
文天祥
鮮于樞
宋克
重
索靖
智永
孫過庭
懷素
趙佶
陸游
趙孟頫
宋克
張弼
野
智永
懷素
黃庭堅
趙佶
趙孟頫
沈粲
陳淳
張瑞圖
量
王羲之
智永
孫過庭
懷素
趙佶
鮮于樞

鉅 鈎鈍 鈞針 金 釐

蔣善進
趙佶
趙孟頫
沈粲
祝允明
鉅
智永

徐渭
鈍
孫過庭
趙孟頫
鈎
智永
懷素

智永
孫過庭
懷素
高閑
蔣善進
趙佶
趙孟頫

饒介
宋克
針
孫過庭
徐渭
倪元璐
鈞

金
智永
孫過庭
懷素
黃庭堅
陸游
鮮于樞

金部

趙孟頫
宋克
沈粲
釐
文徵明
韓道亨
何紹基

| 鋒鋤 | 銷銜 | 銅 | 銀 | 銀 | 銘 | 鉤 |
|---|---|---|---|---|---|---|
| 祝允明 | 宋克 | 宋克 | 智永 | 懷素 | 孫過庭 | 歐陽詢 |
| 王寵 | [銜] | 王鐸 | 懷素 | 趙佶 | 鮮于樞 | 孫過庭 |
| [鋤] | 懷素 | [銅] | 高閑 | 鮮于樞 | 宋克 | 懷素 |
| 張瑞圖 | 沈粲 | 蔡襄 | 黃庭堅 | 趙孟頫 | 王寵 | 趙佶 |
| 王鐸 | 何紹基 | 蘇軾 | 米芾 | 張弼 | [銘] | 趙孟頫 |
| [鋒] | [銷] | 鮮于樞 | 趙佶 | 祝允明 | 智永 | 祝允明 |
| 康里子山 | 趙孟頫 | 饒介 | 趙孟頫 | [銀] | 孫過庭 | [鉤] |

鍾鍊　錯　錫　錦　錢　錄

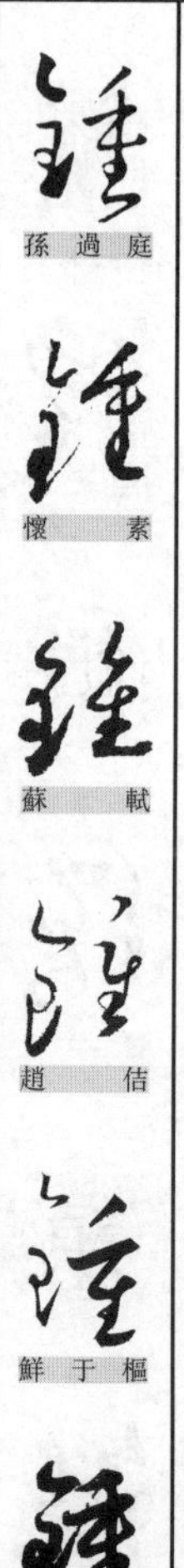

孫過庭　懷素　蘇軾　趙佶　鮮于樞　趙孟頫　沈粲

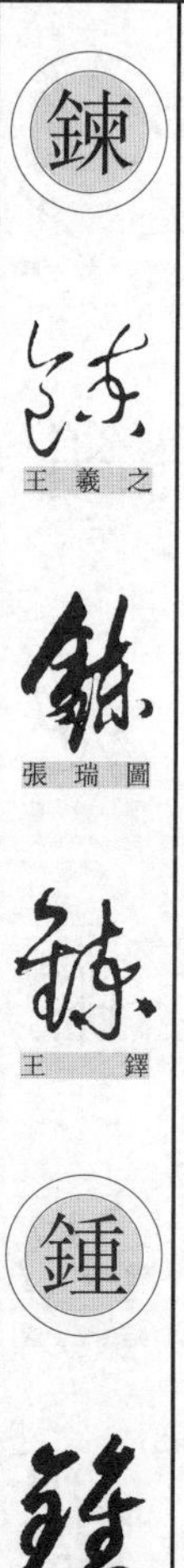

鍊　王羲之　張瑞圖　王鐸

鍾　智永　歐陽詢

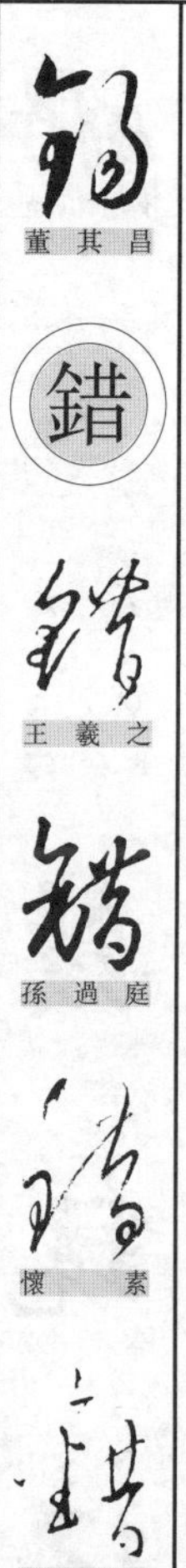

董其昌

錯　王羲之　孫過庭　懷素　文天祥　宋克

陳淳　張瑞圖　王鐸

錫　懷素　趙孟頫　宋克

董其昌　張瑞圖

錦　黃庭堅　鮮于樞　宋克　祝允明

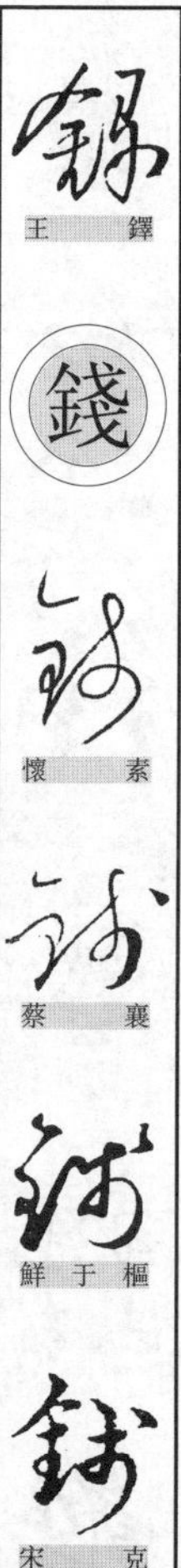

王鐸

錢　懷素　蔡襄　鮮于樞　宋克　陳淳

翁方綱

錄　孫過庭　趙孟頫　宋克　文徵明　婁堅

鑄　鐺鐸鐶　鐵鐘　鏡　鏘鎚　鎮鎖鎔

| 鑄 | 鐺鐸鐶 | | 鐵鐘 | 鏡 | 鏘鎚 | 鎮鎖鎔 |
|---|---|---|---|---|---|---|
| 鮮于樞 | 鐶 | 王獻之 | 張瑞圖 | 何紹基 | 文徵明 | 鎔 |
| 陳淳 | 孫過庭 | 裴休 | 鐘 | 鏡 | 鎚 | 孫過庭 |
| 鑄 | 高閑 | 懷素 | 張瑞圖 | 懷素 | 孫過庭 | 鎖 |
| 孫過庭 | 鐸 | 蘇軾 | 王鐸 | 米芾 | 鏘 | 懷素 |
| 趙雍 | 康里子山 | 徐渭 | 何紹基 | 宋克 | 鮮于樞 | 鎮 |
| 宋克 | 王鐸 | 王寵 | 鐵 | 祝允明 | 蘇軾 | 王羲之 |
| 王寵 | 鐺 | 張瑞圖 | 王羲之 | 王寵 | 王寵 | 陸游 |

鑑

吴昌碩

智永

孫過庭

懷素

薛紹彭

趙佶

鑪

趙孟頫

沈粲

祝允明

孫過庭

鮮于樞

趙孟頫

鑰

王士禛

蔡襄

王鐸

## 長部

長

王羲之

智永

賀知章

褚遂良

孫過庭

懷素

李懷琳

黃庭堅

米芾

## 門部

門
門
王羲之
王獻之
智永
孫過庭
懷素
顏真卿
閉
蔡襄
黃庭堅
米芾
閉
蘇軾
陸游
張弼
開
王寵
張瑞圖
王鐸
開
王羲之
懷素
蘇軾
閏
米芾
鮮于樞
宋克
祝允明
董其昌
張瑞圖
閏
智永
孫過庭
蔡襄
趙佶
鮮于樞
沈粲
祝允明
閑
閑
智永
孫過庭
懷素
蔡襄
黃庭堅
米芾
間
趙佶
鮮于樞
趙孟頫
間
懷素
蘇軾
陸游

| 閣 | 閩 | 閱閭 | 闊 | 闌闕 | 關 |  |
|---|---|---|---|---|---|---|
| 朱熹 | 鮮于樞 | [閱] | 宋克 | 王鐸 | 智永 | 詹景鳳 |
| 祝允明 | 陳淳 | 索靖 | 祝允明 | 劉墉 | 孫過庭 | [關] |
| 董其昌 | 張瑞圖 | 米芾 | 陳淳 | [闌] | 懷素 | 懷素 |
| 張瑞圖 | 王鐸 | 朱熹 | [闊] | 孫過庭 | 蘇軾 | 李懷琳 |
| [閣] | [閩] | 宋克 | 王羲之 | 徐渭 | 趙佶 | 蘇軾 |
| 懷素 | 蔡襄 | 文徵明 | 範成大 | 張瑞圖 | 趙孟頫 | 黃庭堅 |
| 蘇軾 | 米芾 | [閭] | 祝允明 | [闕] | 沈粲 | 朱熹 |

陳淳

阿

智永

歐陽詢

孫過庭

懷素

趙佶

防

王獻之

米芾

王寵

阻

孫過庭

王寵

智永

孫過庭

李懷琳

懷素

高閑

蔣善進

趙佶

沈粲

祝允明

阡

王寵

張瑞圖

阮

王羲之

阜

智永

歐陽詢

懷素

趙佶

鮮于樞

趙孟頫

# 阜（阝）部

鮮于樞

祝允明

王寵

陟 陛 限陌 降 陋 附

陌
限
陛
陟
降
陋
附
懷素
趙佶
鮮于樞
趙孟頫
張弼
王羲之
王寵
陳淳
王鐸
智永
歐陽詢
孫過庭
薛紹彭
饒介
王寵
張瑞圖
米芾
索靖
李懷琳
懷素
孫過庭
顏真卿
文徵明
張瑞圖
蔣善進
米芾
趙佶
趙孟頫
王守仁
祝允明
米芾
陳淳
王鐸
智永
懷素
高閑
鮮于樞
趙孟頫
沈粲
祝允明
李懷琳
孫過庭

陶　陰　陪　陣　除院

| | | | | | | |
|---|---|---|---|---|---|---|
| 陶 | 孫過庭 | 鮮于樞 | 張瑞圖 | 孫過庭 | 院 | 智永 |
| 索靖 | 懷素 | 趙孟頫 | 陪 | 宋克 | 陸游 | 歐陽詢 |
| 智永 | 蔡襄 | 沈粲 | 王羲之 | 文徵明 | 王寵 | 懷素 |
| 孫過庭 | 趙佶 | 王寵 | 智永 | 陣 | 王鐸 | 趙佶 |
| 懷素 | 陸游 | 陰 | 孫過庭 | 顏真卿 | 除 | 文天祥 |
| 蔡襄 | 鮮于樞 | 王羲之 | 懷素 | 孫過庭 | 王羲之 | 趙孟頫 |
| 米芾 | 趙孟頫 | 智永 | 趙佶 | 文徵明 | 賀知章 | 祝允明 |

隋隆 隅 陽 陵陸 陷 陳

吴昌碩
隆
孫過庭
宋克
祝允明
隋
孫過庭
趙佶
鮮于樞
隅
懷素
顏真卿
米芾
張瑞圖
張芝
王羲之
王獻之
智永
孫過庭
懷素
黄庭堅
懷素
薛紹彭
範成大
鮮于樞
李東陽
祝允明
陽
賀知章
陸
懷素
米芾
陸居仁
宋克
陵
賀知章
孫過庭
懷素
高閑
趙佶
趙孟頫
陷
趙佶
鮮于樞
趙孟頫
陳
王羲之
王慈
智永

隱　險　隨際　障　隔　階

莫是龍
何紹基
隱
智永
孫過庭
懷素
趙佶
米芾
趙佶
險
王獻之
孫過庭
趙構
康里子山
智永
孫過庭
李懷琳
顏真卿
懷素
蔡襄
蘇軾
際
王獻之
孫過庭
康里子山
李東陽
王寵
隨
文彭
王鐸
障
程南雲
王寵
張瑞圖
莫是龍
宋克
王守仁
隔
王羲之
孫過庭
鮮于樞
宋克
米芾
階
智永
懷素
趙佶
鮮于樞
趙孟頫

**隴**

鮮于樞

趙孟頫

沈粲

祝允明

**隴**

魏了翁

祝允明

王寵

王鐸

## 隶部

**隸**

智永

孫過庭

懷素

趙佶

範成大

鮮于樞

趙孟頫

宋克

張弼

## 隹部

**雀**

蔡襄

王寵

王鐸

**雁**

智永

歐陽詢

雕雎 雍 雉 雅 集 雄

趙孟頫
王鐸
雎
史游
黃道周
何紹基
雕
文徵明
徐渭
雍
王羲之
孫過庭
柳公權
黃庭堅
趙佶
鮮于樞
趙孟頫
王寵
雉
懷素
宋克
程南雲
雅
智永
歐陽詢
孫過庭
懷素
米芾
王獻之
智永
懷素
趙佶
鮮于樞
趙孟頫
沈粲
王羲之
孫過庭
趙孟頫
祝允明
張瑞圖
集
王羲之
孫過庭
懷素
趙佶
趙孟頫
宋克
祝允明
雄

離 雙 雜 雞 雛 雖

孫過庭
張瑞圖
何紹基

**雖**

索靖
王羲之
王獻之

賀知章
孫過庭
李懷琳
蔡襄
蘇軾
黃庭堅

**雛**

李懷琳

**雞**

孫過庭
懷素
黃庭堅
趙佶
陸游

文天祥
趙孟頫
宋克
沈粲

**雜**

王羲之
孫過庭

趙構
陸游
王寵

**雙**

王羲之
孫過庭
蘇軾

宋克
陳淳
張瑞圖
王鐸

**離**

王羲之
智永

賀知章
歐陽詢
孫過庭
懷素
蘇軾
趙佶
範成大

**難**

王羲之 智永 孫過庭 蔡襄 米芾 趙佶

陸游 鮮于樞 趙孟頫

## 雨部

**雨**

王羲之 智永 張旭 懷素 黃庭堅 米芾

趙佶 陸游 鮮于樞

**雪**

王羲之 王獻之 顏真卿

孫過庭 蘇軾 祝允明 張瑞圖 傅山

**雲**

王羲之

智永 李世民 孫過庭 懷素 蔡襄 陸游 朱熹

雷零　需電　霄　霆　霓震　霏霖　霜

雨部

| 霜 | 霏霖 | 霓震 | 霆 | 霄 | 需電 | 雷零 |
|---|---|---|---|---|---|---|
| 陸游 | 懷素 | 王寵 | 高閑 | 祝允明 | 陸游 | 鮮于樞 |
| 王寵 | 王寵 | 震 | 黃庭堅 | 王寵 | 康里子山 | 零 |
| 董其昌 | 張瑞圖 | 顏真卿 | 趙佶 | 文彭 | 宋克 | 祝允明 |
| 張瑞圖 | 霖 | 黃庭堅 | 趙孟頫 | 張瑞圖 | 祝允明 | 陳淳 |
| 霜 | 解縉 | 祝允明 | 沈粲 | 霄 | 電 | 王鐸 |
| 智永 | 祝允明 | 張瑞圖 | 文彭 | 智永 | 懷素 | 雷 |
| 孫過庭 | 霏 | 霓 | 霆 | 懷素 | 需 | 孫過庭 |

霞（續）
懷素
蘇軾
黃庭堅
蔡襄
薛紹彭
趙佶
鮮于樞

## 霞
霞
王羲之
張旭
黃庭堅
趙構
文徵明
張瑞圖

## 霧
王鐸
霧
薛紹彭
趙構
解縉
祝允明
張瑞圖

## 露
露
智永
孫過庭
懷素
蘇軾
黃庭堅
米芾

## 霸
趙佶
陸游
範成大
霸
王羲之
智永
懷素

## 霹
趙佶
鮮于樞
趙孟頫
宋克
沈粲
霹
王寵

## 霽
王鐸
霽
趙構
祝允明
王寵
豈坊
吳昌碩

靄

王守仁

董其昌

張瑞圖

王鐸

靈

王羲之

智永

懷素

孫過庭

蘇軾

米芾

趙佶

趙構

鮮于樞

# 青部

青

王羲之

智永

歐陽詢

孫過庭

蔡襄

黃庭堅

趙佶

陸游

趙孟頫

靖

索靖

米芾

李東陽

文徵明

張瑞圖

靜

王羲之

王獻之

智永

懷素

蔡襄
趙佶
鮮于樞
趙孟頫
祝允明

## 非部

非

王羲之
張旭
智永
賀知章
孫過庭
懷素

蔡襄
蘇軾
黃庭堅

靡

智永
懷素
孫過庭

趙佶
鮮于樞
宋克
張弼
祝允明

## 面部

面

王羲之
智永
孫過庭
柳公權
懷素
米芾

薛紹彭

朱熹

趙孟頫

革部

革

孫過庭

趙孟頫

宋克

王鐸

何紹基

鞅

趙孟頫

宋克

李流芳

王鐸

鞍

黃庭堅

鮮于樞

宋克

王寵

張瑞圖

王鐸

鞠

智永

懷素

趙佶

鮮于樞

趙孟頫

張弼

祝允明

鞭

李懷琳

蘇軾

傅山

何紹基

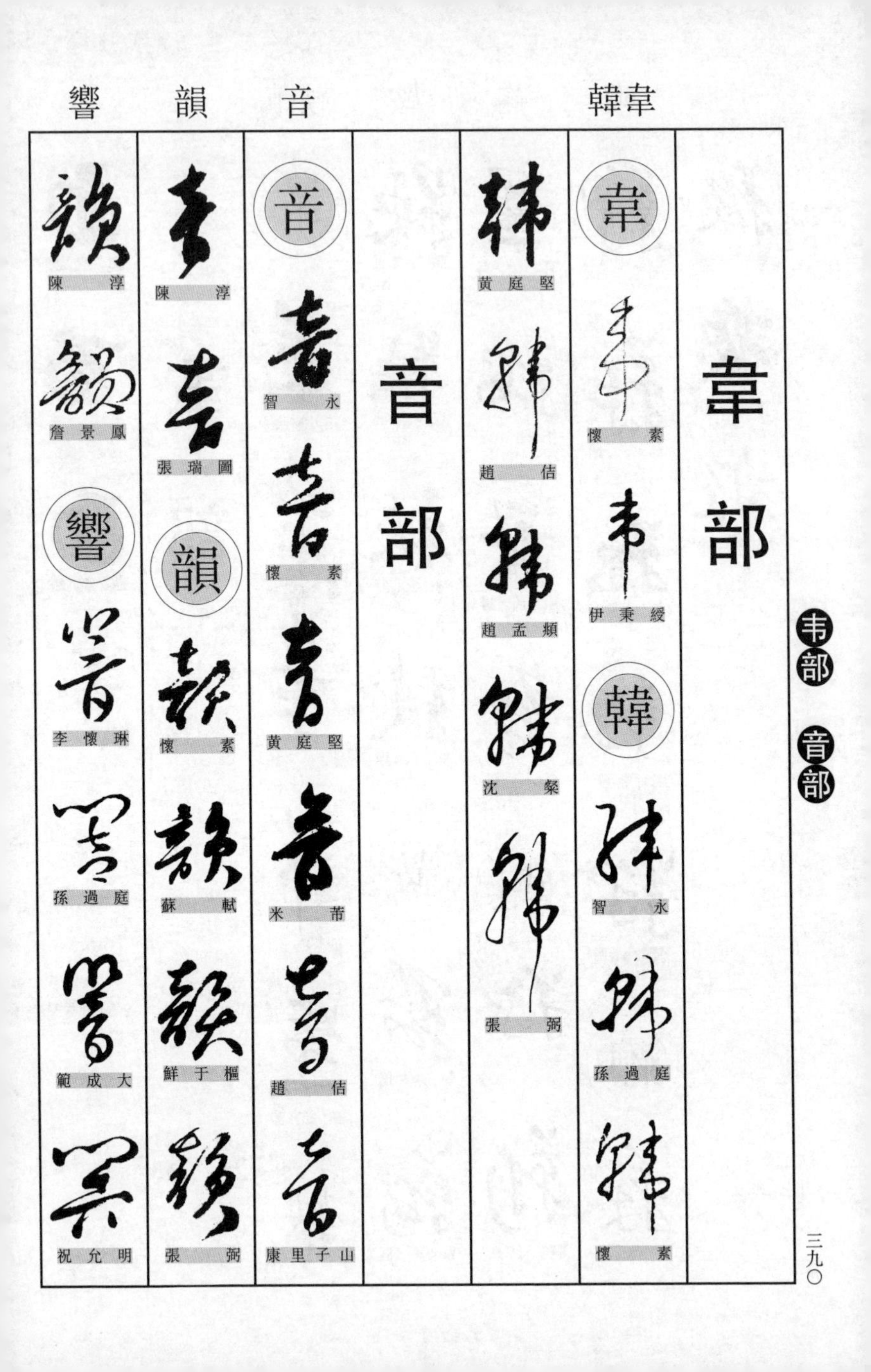

# 韋部

韋

懷素

伊秉綬

韓

智永

孫過庭

懷素

黃庭堅

趙佶

趙孟頫

沈粲

張弼

# 音部

音

智永

懷素

黃庭堅

米芾

趙佶

康里子山

陳淳

張瑞圖

韻

懷素

蘇軾

鮮于樞

張弼

陳淳

詹景鳳

響

李懷琳

孫過庭

範成大

祝允明

頓 頌 須 順項 頊

懷素
米芾
宋克
董其昌
頓
王羲之
王獻之
王羲之
王獻之
蘇軾
黃庭堅
米芾
康里子山
頌
賀知章
黃庭堅
趙孟頫
宋克
祝允明
王鐸
須
王鐸
項
孫過庭
張瑞圖
順
索靖
王羲之
頊
王羲之
孫過庭
米芾
陸居仁
祝允明
張瑞圖
頁部
陳淳
張瑞圖

音部 頁部

頻　頹頸　頭　頮　領　頗

李懷琳
孫過庭
祝允明
王寵
張瑞圖
頻
王羲之
鮮于樞
王寵
頸
趙構
趙孟頫
宋克
頹
陳淳
頭
王獻之
懷素
蘇軾
黃庭堅
陸游
懷素
高閑
蔣善進
黃庭堅
趙佶
頮
趙孟頫
趙孟頫
沈粲
領
王羲之
智永
歐陽詢
孫過庭
頗
王羲之
王獻之
懷素
蔡襄
黃庭堅
趙佶
智永
褚遂良
懷素
孫過庭
蔣善進
蔡襄
黃庭堅

| | 顛 | 顙 | 願 | 顏 | 額 | 題 |
|---|---|---|---|---|---|---|
| 智永 | 懷素 | 黃庭堅 | 王鐸 | 張瑞圖 | 範成大 | 祝允明 |
| 孫過庭 | 高閑 | 趙孟頫 | 願 | 顏 | 李東陽 | 文徵明 |
| 懷素 | 蔣善進 | 沈粲 | 索靖 | 索靖 | 王守仁 | 張瑞圖 |
| 米芾 | 趙佶 | 顙 | 王羲之 | 懷素 | 張瑞圖 | 王鐸 |
| 趙佶 | 趙孟頫 | 智永 | 智永 | 趙孟頫 | 額 | 題 |
| 鮮于樞 | 陳淳 | 歐陽詢 | 懷素 | 陸居仁 | 趙孟頫 | 孫過庭 |
| 趙孟頫 | 顛 | 孫過庭 | 高閑 | 宋克 | 王寵 | 陸游 |

## 類

宋克
沈粲
類
孫過庭
黄庭堅
康里子山
王守仁

## 顧

張瑞圖
顧
王羲之
智永
懷素
高閑
趙佶

## 顯

趙構
陸游
朱熹
顯
王羲之
賀知章
孫過庭

## 顰

趙構
宋克
顰
王寵
陳淳

# 風部

## 風

風
王羲之
褚遂良
孫過庭
懷素
蔡襄
黄庭堅

## 颯

米芾
薛紹彭
陸游
颯
王羲之
蘇軾
陸游

颻

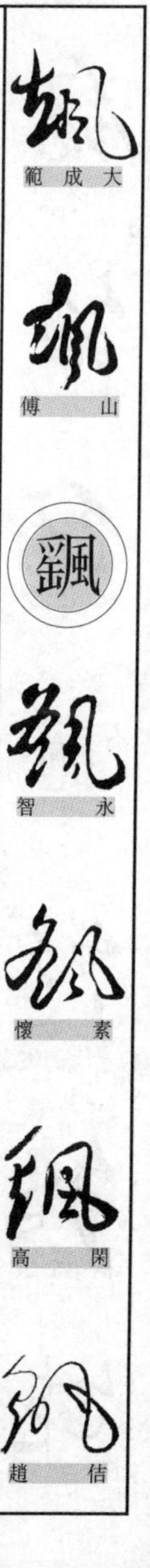
範成大
傅山
颻
智永
懷素
高閑
趙佶

飄

趙孟頫
祝允明
詹景鳳
飄
智永
懷素
高閑

蔡襄
蘇軾
趙佶
趙孟頫
張弼
祝允明

# 飛部

飛

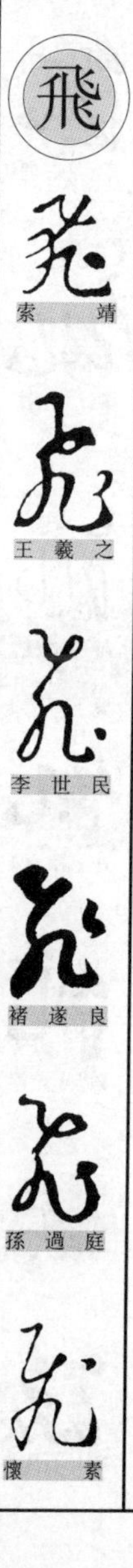
飛
索靖
王羲之
李世民
褚遂良
孫過庭
懷素

飜

蘇軾
黄庭堅
趙佶
飜
懷素
董其昌
王鐸

# 食(飠)部

食 飢 飫 飲 飯 飽

(食)
王羲之
智永
賀知章
懷素
蔡襄
蘇軾
黄庭堅
趙佶
趙構
(飢)
智永
孫過庭
懷素
高閑
蘇軾
趙佶
趙孟頫
陳淳
(飫)
智永
孫過庭
懷素
高閑
趙佶
李懷琳
張弼
祝允明
(飲)
懷素
蘇軾
朱熹
趙構
鮮于樞
祝允明
張瑞圖
(飯)
智永
孫過庭
懷素
高閑
趙佶
陸游
趙孟頫
祝允明
(飽)
智永
歐陽詢
懷素

餓　餘　餐　養　餌　飾

米芾
趙佶
趙構
**餓**
米芾
陸游
何紹基

**餘**
王羲之
顏真卿
孫過庭
懷素
蘇軾
黃庭堅

孫過庭
懷素
高閑
黃庭堅
趙佶
趙孟頫
沈粲

趙佶
趙構
鮮于樞
趙孟頫
**餐**
張芝
智永

宋克
**養**
王羲之
智永
賀知章
歐陽詢
李懷琳

陸居仁
王鐸
何紹基
**餌**
王獻之
李懷琳
懷素

高閑
蘇軾
黃庭堅
趙佶
趙孟頫
詹景鳳
**飾**

錢
王羲之
王守仁
館
宋高宗
蘇軾
鮮于樞

祝允明
董其昌
王鐸
饉
趙構
王鐸
饌

趙構
張瑞圖
饒
歐陽詢
文徵明
王鐸
饗

顏真卿
王澍
何紹基

# 首部

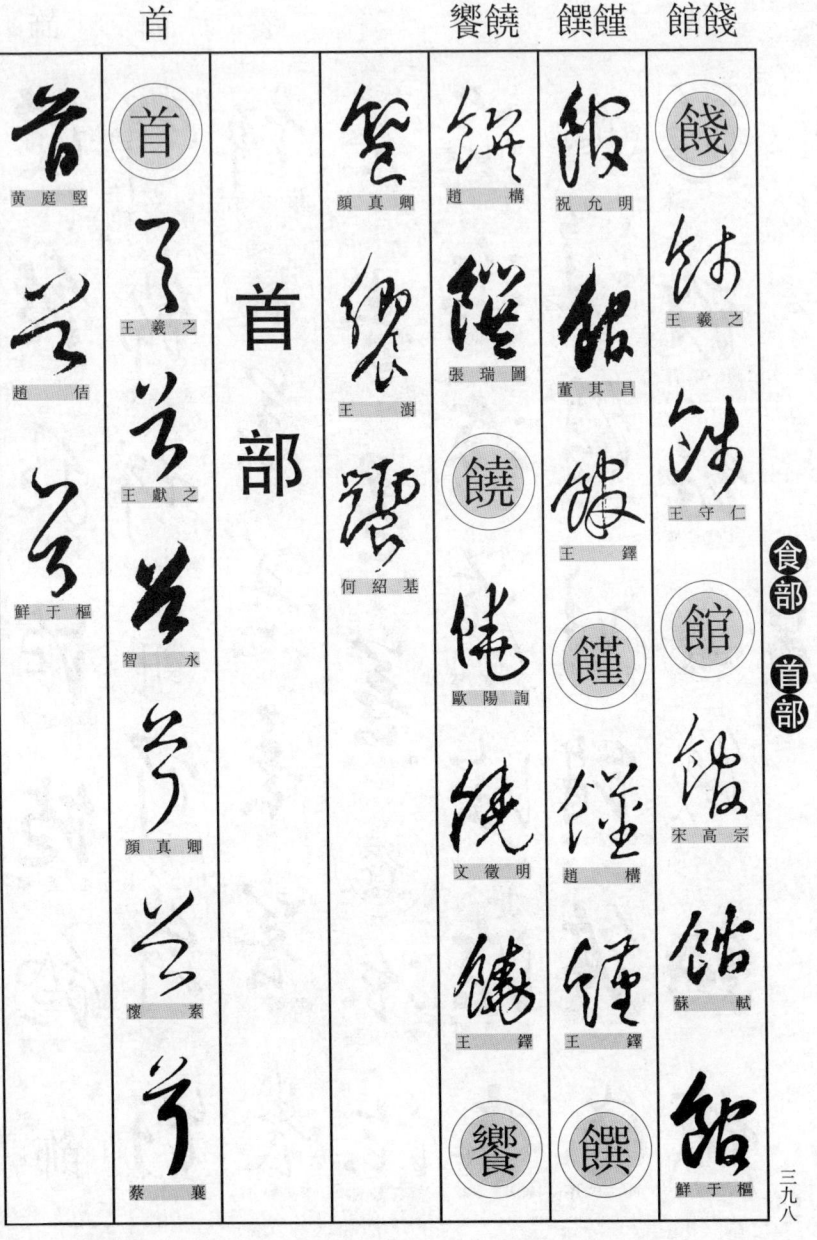

首
王羲之
王獻之
智永
顏真卿
懷素
蔡襄

黃庭堅
趙佶
鮮于樞

# 香部

## 香

懷素

張旭

蘇軾

米芾

陸游

陸居仁

楊維楨

祝允明

陳元素

## 馨

智永

孫過庭

懷素

趙佶

鮮于樞

趙孟頫

沈粲

張弼

# 馬部

## 馬

王羲之

張孝祥

康里子山

王寵

陳淳

王鐸

## 馭

王寵

## 馮

趙構

董其昌

張瑞圖

## 馳

駭駐　鴑駟　駕　駒馴

智永
懷素
孫過庭
高閑
蔣善進
趙佶
趙孟頫

李懷琳
黃庭堅
駐
孫過庭
黃庭堅
陳鴻壽
駭

趙構
文天祥
鮮于樞
駟
懷素
趙構
鴑

駕
智永
歐陽詢
張旭
孫過庭
懷素
趙佶

孫過庭
懷素
趙佶
鮮于樞
趙孟頫
宋克
沈粲

趙構
陸游
馴
李懷琳
王鐸
駒
智永

王羲之
智永
孫過庭
懷素
蔡襄
米芾
趙佶

| 驂 | 騾 | 騶騮 | 騰 | 騷騁 | 騎 | 駿駱 |
|---|---|---|---|---|---|---|
| 蔣善進 | 孫過庭 | 鮮于樞 | 王寵 | [騁] | 張瑞圖 | 祝允明 |
| 趙佶 | 宋克 | 張弼 | 吴昌碩 | 趙構 | [騎] | [駱] |
| 趙孟頫 | [騾] | 陳淳 | [騰] | 祝允明 | 懷素 | 文天祥 |
| 張弼 | 智永 | [騮] | 智永 | 王寵 | 鮮于樞 | 何紹基 |
| 陳淳 | 孫過庭 | 宋克 | 孫過庭 | [騷] | 趙孟頫 | [駿] |
| [驂] | 懷素 | 祝允明 | 懷素 | 孫過庭 | 詹景鳳 | 鮮于樞 |
| 張駿 | 高閑 | [騶] | 趙佶 | 鮮于樞 | 張瑞圖 | 陳淳 |

驅　驕　驗　驚　騾　驢　驤

驅
張瑞圖
王獻之
智永
歐陽詢
懷素
米芾
驕
趙佶
鮮于樞
趙孟頫
王鐸
歐陽詢
賀知章
驗
李懷琳
王寵
張瑞圖
王羲之
孫過庭
宋克
驚
智永
歐陽詢
孫過庭
懷素
蔡襄
蘇軾
騾
米芾
薛紹彭
趙佶
孫過庭
懷素
張瑞圖
驢
智永
孫過庭
懷素
高閑
趙佶
趙孟頫
驤
宋克
張弼
智永
歐陽詢
孫過庭
懷素

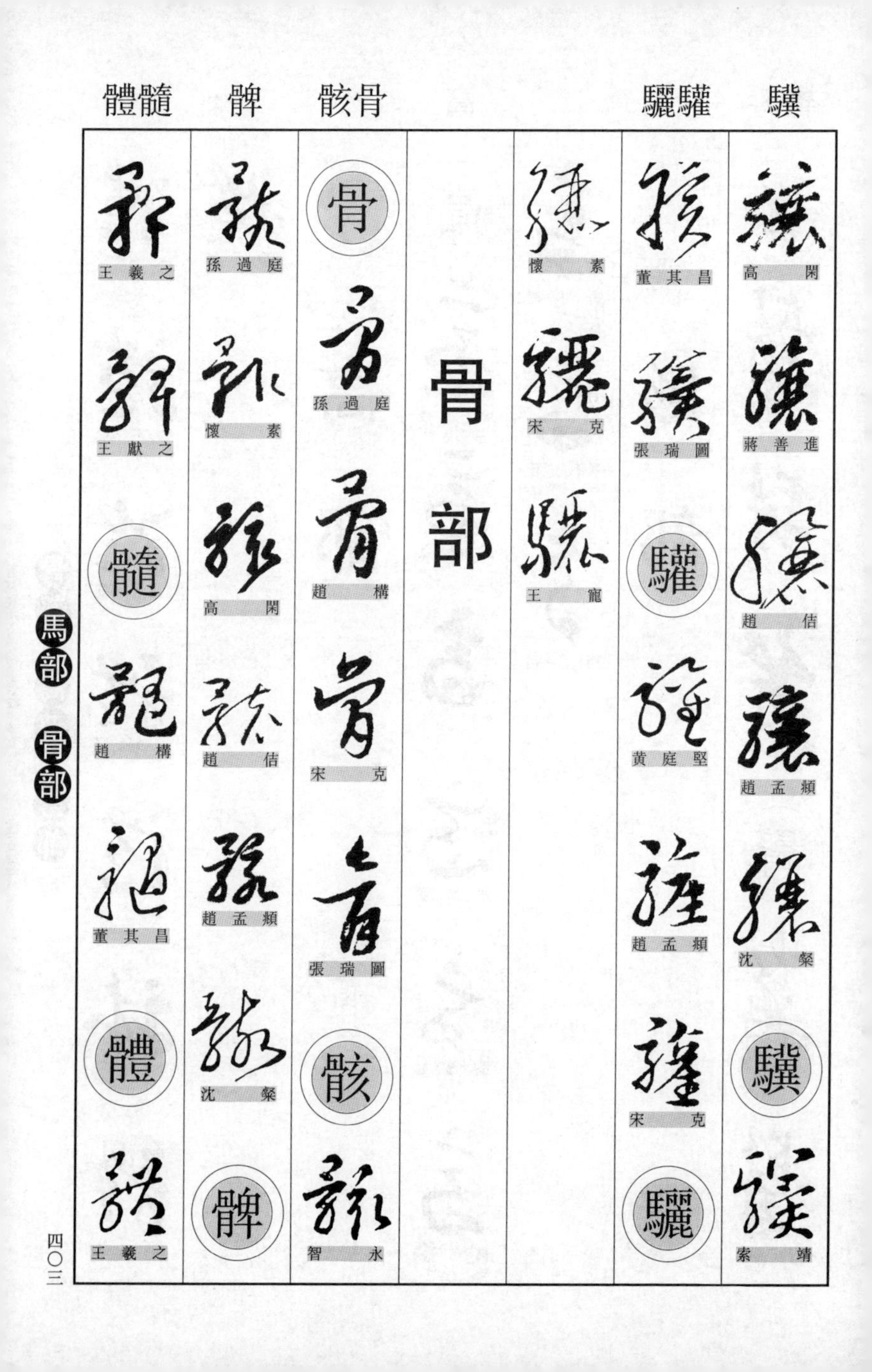

驥 驩驪 骨 骸 髀 髓 體

**驥**

高閑

蔣善進

趙佶

趙孟頫

沈粲

驥

索靖

**驩 驪**

董其昌

張瑞圖

驩

黃庭堅

趙孟頫

宋克

驪

懷素

宋克

王寵

# 骨部

骨

孫過庭

趙構

宋克

張瑞圖

骸

智永

**髀**

孫過庭

懷素

高閑

趙佶

趙孟頫

沈粲

髀

**髓 體**

王羲之

王獻之

髓

趙構

董其昌

體

王羲之

王獻之

智永

賀知章

孫過庭

懷素

米芾

趙佶

趙構

## 高部

### 高

王羲之

王獻之

智永

賀知章

孫過庭

懷素

高閑

米芾

趙佶

## 髟部

### 髣

孫過庭

祝允明

鄧石如

### 髯

張瑞圖

翁方綱

髮

吴昌碩

髮

智永

賀知章

懷素

黃庭堅

米芾

髴

趙佶

鮮于樞

趙孟頫

祝允明

髴

孫過庭

吴昌碩

鬚

祝允明

文徵明

董其昌

王鐸

鬟

黃庭堅

鬢

祝允明

張瑞圖

王鐸

鬢

趙構

鮮于樞

俞和

王守仁

張瑞圖

吴昌碩

# 鬥部

鬭

黃庭堅

米芾

陸游

趙孟頫

宋克

祝允明

文徵明

董其昌

傅山

# 鬯部

鬱

智永

歐陽詢

孫過庭

懷素

趙佶

鮮于樞

趙孟頫

宋克

沈粲

# 鬼部

鬼

賀知章

鮮于樞

陸居仁

宋克

魂

王守仁

祝允明

張瑞圖

王鐸

魄

智永

孫過庭

懷素

魏

高閑
趙佶
趙孟頫
沈粲
祝允明

魏

智永

孫過庭
懷素
趙佶
文天祥
鮮于樞
趙孟頫
宋克

沈粲

# 魚部

魚

魚

王羲之
智永
孫過庭
懷素
趙佶
趙孟頫

魯

宋克
文彭
張瑞圖

魯

史游
趙孟頫
饒介

鮮

宋克
沈粲
王鐸

鮮

孫過庭
趙孟頫
祝允明

鰕鯨

吳昌碩

鯨

懷素

祝允明

王寵

鰕

趙孟頫

鱗鰥

祝允明

張瑞圖

鰥

賀知章

鱗

智永

懷素

鱸

黃庭堅

趙佶

鮮于樞

趙孟頫

宋克

祝允明

鱸

祝允明

陳繼儒

張瑞圖

# 鳥部

鳥

鳥

智永

懷素

蘇軾

趙佶

鮮于樞

趙孟頫

鳩

沈粲

張弼

張瑞圖

鳩

王羲之

趙孟頫

祝允明

鳳 鳴 鴉 鴛 鷗鳶 鴨鴻 鵝

鳳
智永
孫過庭
懷素
顏真卿
蘇軾
黃庭堅
鳴
趙佶
鮮于樞
趙孟頫
王羲之
智永
李懷琳
懷素
蘇軾
黃庭堅
趙佶
陸游
鮮于樞
鴉
鮮于樞
張瑞圖
王鐸
鴛
趙孟頫
宋克
祝允明
張瑞圖
鷗
文徵明
張瑞圖
鳶
趙孟頫
宋克
鴨
趙孟頫
祝允明
陳淳
姜宸英
吳昌碩
鴻
孫過庭
蘇軾
趙孟頫
文徵明
許初
王鐸
鵝

鵡 鵠 鵾鵲 鶉鵬 鶴 鷗鶯

鵡
王獻之
李白
文徵明
吳昌碩
懷素
李東陽
鵠
張瑞圖
王鐸
懷素
趙孟頫
宋克
文徵明
鵲
趙構
趙孟頫
祝允明
文徵明
鵾
智永
歐陽詢
懷素
高閑
趙佶
趙孟頫
沈粲
祝允明
鵬
王寵
陳鴻壽
鶉
史游
趙孟頫
宋克
鶴
孫過庭
陸游
鮮于樞
宋克
陳淳
王寵
王鐸
鶯
米芾
祝允明
文徵明
王寵
鷗

鷺

懷素

朱熹

王守仁

董其昌

王鐸

王守仁

王鐸

鷹

皇象

趙孟頫

宋克

董其昌

鸚

懷素

徐渭

陳淳

王鐸

鸞

索靖

孫過庭

蘇軾

黃庭堅

王寵

文彭

# 鹵部

鹹

智永

懷素

趙佶

鮮于樞

趙孟頫

宋克

沈粲

祝允明

鹽

王羲之

蘇軾

趙孟頫

吳昌碩

# 鹿部

鹿
李懷琳
宋克
祝允明
文徵明
倪元璐
張瑞圖
麇
趙孟頫
祝允明
文徵明
張瑞圖
麒
陸居仁
王鐸
麗
智永
孫過庭
懷素
米芾
趙佶
鮮于樞
趙孟頫
沈粲
祝允明
麟
懷素
陸居仁
王寵
文徵明
王鐸

# 麥部

麥

趙孟頫

宋克

吳寬

王鐸

陳鴻壽

# 黃部

黃

王羲之

智永

懷素

蘇軾

黃庭堅

米芾

薛紹彭

趙佶

范成大

# 黍部

黍

王羲之

智永

懷素

趙佶

趙孟頫

祝允明

黎

陳淳

孫過庭

懷素

蘇軾

趙佶

趙孟頫

張弼

陳淳

## 黑部

黑

懷素

宋克

王鐸

吳昌碩

默

智永

歐陽詢

孫過庭

懷素

趙佶

趙構

張弼

黜

智永

歐陽詢

懷素

趙佶

趙孟頫

張弼

祝允明

點

孫過庭

懷素

李東陽

王鐸

黯

陸游

## 鼎部

## 鼎

索靖

鮮于樞

陸居仁

宋克

解縉

祝允明

董其昌

何紹基

## 鼓部

## 鼓

索靖

智永

孫過庭

懷素

蘇軾

黄庭堅

趙佶

鮮于樞

趙孟頫

## 鼙

趙孟頫

宋克

王寵

王鐸

## 鼠部

## 鼠

王羲之

李懷琳

唐寅

王鐸

吴昌碩

# 鼻部

## 鼻

懷素

趙孟頫

宋克

王鐸

# 齊部

## 齊

索靖

孫過庭

張旭

趙構

陸居仁

宋克

## 齋

黄庭堅

王鐸

姚鼐

# 齒部

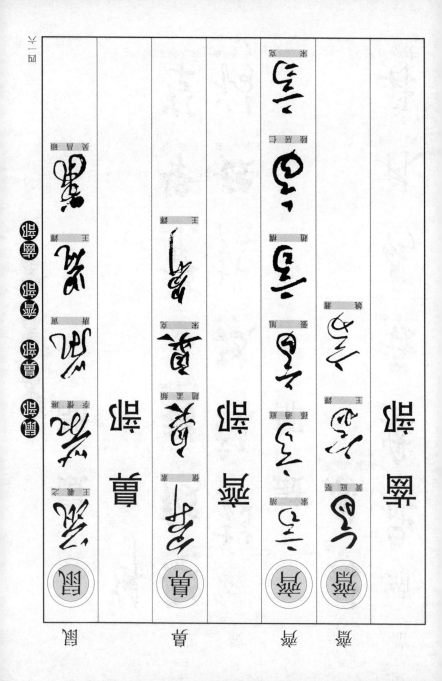

齒

趙構

趙孟頫

宋克

李東陽

齡

王羲之

王獻之

孫過庭

文徵明

何紹基

## 龍部

龍

王羲之

孫過庭

顏真卿

懷素

蘇軾

黃庭堅

趙佶

鮮于樞

張弼

龐

趙孟頫

宋克

王守仁

龔

婁堅

## 龜部

龜

孫過庭

裴休

蘇軾

趙孟頫

宋克

沈粲

張瑞圖

吴昌碩

**图书在版编目(CIP)数据**

草书实用字典 / 孙宝文编. -- 上海 ：上海辞书出版社，2010.4(2025.1 重印)

ISBN 978-7-5326-3010-3

Ⅰ.①草… Ⅱ.①孙… Ⅲ.①草书-书法-字典 Ⅳ.①J292.113.4-61

中国版本图书馆 CIP 数据核字(2010)第 004729 号

# 草书实用字典

**孙宝文 编**

**责任编辑** 赵寒成 柴 敏
**装帧设计** 汪 溪

**出版发行** 上海世纪出版集团
上海辞书出版社®(www.cishu.com.cn)
**地 址** 上海市闵行区号景路 159 弄 B 座(邮政编码：201101)
**印 刷** 苏州越洋印刷有限公司
**开 本** 787 毫米×1092 毫米 1/32
**印 张** 14.5
**字 数** 30 000
**版 次** 2010 年 4 月第 1 版 2025 年 1 月第 15 次印刷
**书 号** ISBN 978-7-5326-3010-3/J·157
**定 价** 30.00 元